罰《ばち》当て侍

最後の赤穂浪士　寺坂吉右衛門

風野真知雄

祥伝社文庫

目次

序　章　恨みふたたび　5
第一章　バチ当て様　15
第二章　逆さの死体　75
第三章　にこにこ仏　158
第四章　暗がりの鬼　211

序章　恨みふたたび

広い庭を、青葉若葉が美しく染め上げている。

言葉で言ってしまえば緑一色なのに、濃淡の違いが、紅葉時にも劣らぬあでやかな模様をつくっている。木々の表情や、感情の起伏のようなものまで感じられるほどである。

流れる風もまた、青く爽《さわ》やかだった。

ここは江戸城外桜田門《さくらだもん》の前。

米沢《よねざわ》藩十五万石、上杉家の江戸屋敷である。

敷地はおよそ七千五百坪。池もつくられてはいるが、広大な庭の大半を、さまざまな樹木が占めていた。

藩邸の下働きの者が言うには、ここは土がいいために、花や葉の緑に艶《つや》があるのだという。だから、桜の花の美しさもひときわなのだと。

この江戸屋敷の用人、広田慶三郎《ひろたけいざぶろう》は、紅葉時よりも好きな新緑を横目に見ながら、屋敷内の廊下を歩いた。藩主・上杉宗房《むねふさ》に呼ばれたのである。

だが、足取りは重い。廊下を歩きながら、藩の財政難について思いをはせたからだ。

広田は、江戸家老を支えて、おもに藩邸における雑事や出納《すいとう》を担当していた。上杉家の財政難はいまに始まったことではない。だが、このところの理由はひとえに藩主・宗房の浪費にあった。

そのことを思うと、とても庭の美しさどころではない。実際、庭の一部がそっくり薄桃色に染め上げられた桜の季節ですら、他の勤番武士たちのように、のんきに花を眺めるゆとりもなかった。

庭に面する奥座敷の前まで来た。

「殿、お呼びでございますか」

「呼んだ。訊《き》きたいことがある」

横柄にうなずいたのは、二年前に藩主になった上杉宗房である。

米沢藩の七代目の藩主で、二十五歳と若い。

まだ昼にもならないのに、かたわらに酒がある。目元が赤く、ほろ酔い加減らしい。

だが、このまま深酒になることも少なくない。そうなると、今度は顔が青ざめ、目が座ってくる。宗房の酒は、ここらでやめようと切り上げることのない、いぎたなく眠りこけるまでつづく締まりの悪い酒だった。

両脇には、側室と腰元が一人ずついる。酒の相手をしていたので、塗りたくったお白粉《しろい》の下に赤くなった地肌がほの見えていた。広田の胸のうちを言えば、側室も腰元も着ている着物がちがうだけで、中身の程度も役割も何ら変わりはない女たちだった。

「とんでもないことが耳に入った」

宗房はまばたきをしながら、不機嫌そうに言った。

この殿がこんな顔をしているときは、ろくなことを言い出さないが、広田は惚《とぼ》けた顔で、

「何でしょうか？」

と訊いた。

「赤穂《あこう》浪士がまだ生きておるというではないか」

赤穂浪士という言葉をゆっくり、口に残った苦味《にがみ》を吐き出すような調子で言った。

「はは」

広田は内心、ドキリとした。思いがけない問いであり、予感どおり嫌なことになりそうである。

赤穂浪士の吉良《きら》家への討ち入り、後に忠臣蔵《ちゅうしんぐら》と呼ばれるこの大事件が起きたのは、元《げん》禄《ろく》十五年（一七〇二）の暮れ、十二月十四日のことだった。

それはもう、三十四年も昔のことである。広田は当時、二十歳で、存命だった父の下

で、見習いのような仕事をしながら、江戸市中を駈《か》けずりまわっていた。本所《ほんじょ》の吉良屋敷にも二度ほど、使いに行ったこともあった。討ち入りの話を明け方、藩邸内で聞かされたときは身体《からだ》が震えるほど驚いたし、慌《あわ》てて赤穂浪士追撃の準備をしたものだった。

討ち入りに参加したのは、世に伝えられたところ四十七人。そのすべてが、切腹をおおせつかったのではなかったか――と、世間の多くの者がそう思っている。

だが、一人だけ、切腹を免《まぬか》れた男がいた。

それにしても、三十四年も前である。この藩邸でも、当時の事情を知る者はずいぶん少なくなった。たとえ、ただ一人だけがなんらかの理由で切腹を免れていたとしても、もうこの世にはいないはず、と思うのが当たり前ではないか。

「誰がそのような」

「滝川寿三郎《たきがわじゆさぶろう》じゃよ」

中屋敷にいる年寄りである。もう七十近いが、昔から考えもなしに余計なことを口にする男だった。

「ああ、あれは、ちと歳《とし》を取ってきまして」

「そんなことはどうでもよい。それより、まことなのだな。生きているというのは」

何か嫌なことが起きそうで、言いたくはないが、しかし、嘘をつくわけにはいかない。

「はっ、一人、いまだに生きております」

「名は何と申す?」

「寺坂吉右衛門《てらさかきちえもん》と申す者。ただ、すでに七十を三つほど過ぎた老人にございます」

じつは、広田は会った、いや見たことがある。十年ほど前、どのような人物なのか一目見たくて出かけていった。

当初、賛否両論あった赤穂浪士の討ち入りも、次第に武士の鑑《かがみ》とまで賞賛する声が大勢を占めるようになっていた。もしも、四十七士の生き残りであると、おおっぴらに名乗り出ようものなら、さまざまな方面からもてはやされるにちがいない。

その男は名乗り出ることもなく、むしろひっそりと暮らしていた。広田が見たのは墓の掃除をしているところだったが、黙々と働いていた。身体つきは中肉中背で、とくに立派な体型ではなかった。だが、刀を一本、落とし差しにして、すっと立った姿は、落ち着いて、隙《すき》のないようすだった。

もっとも、あのときから十年経っているのだから、腰が曲がったりしていてもおかしくはない。

「上杉を貶《おとし》めた者をなぜ、斬らぬ。なぜ、生かしておく」

宗房は突然、激昂し、持っていた盃《さかずき》を叩きつけた。

赤穂浪士の宿敵、吉良上野介《こうずけのすけ》は、当時の米沢藩四代目の藩主・上杉綱憲《つなのり》の実父であった。そのため上杉家では、赤穂浪士の討ち入りを警戒して、警護の支援までおこなっていた。そのさなかの討ち入り成功に、藩の面目は丸つぶれ。世間からも、

「上杉は腰抜け」

と嘲笑《あざわら》われたのである。広田自身も、当時、通っていた剣術道場で、先輩からそんなようなことを言われ、大喧嘩《げんか》になったりした。

上杉家の当主や身辺の者が、ただ一人の生き残りを恨《うら》み、その口を封じるために、刺客《しかく》を遣《つか》わしていたとしても不思議はなかった。

事実、綱憲とその子・吉憲が存命のあいだは、寺坂吉右衛門を討ち取ろうと何人もの刺客が送り出されていたのである。

しかし、それはことごとく失敗に終わっていた。

そして、五代藩主・吉憲が亡くなり、宗房の兄で六代藩主・宗憲《むねのり》の時代になると、もはや赤穂浪士の生き残りを始末しようなどという話は消え失せていたのである。

「殿、落ち着かれませ。赤穂浪士の生き残り、それも七十を超した老いぼれを、いまさら我が藩の者が斬ったとして、世間は、いや上様がどうお思いになりますか」

「上様……ふん」

宗房の正室は、尾張の徳川宗春《むねはる》の娘である。現将軍吉宗《よしむね》と尾張の宗春とのあいだには、さまざまな確執が伝えられていた。

つまり、上杉家は幕府から睨《にら》まれやすい立場なのである。

だが、藩主・宗房は警戒するどころか、逆に幕府を刺激するような言動をあらわにしていた。

「たとえ七十過ぎのジジイであろうと、上杉の名を地に貶めた赤穂浪士の生き残りだ。寺坂吉右衛門には死んでもらおう」

「ですが、殿」

「わが藩の者のしわざと知られなければよいのだろうが。わしには、その老いぼれが老いさらばえ、天寿を全《まっと》うして死ぬなどということが許しがたいのだ」

「それは……」

ただの私怨でございましょう、と広田は言いたかった。討ち入り直後ならともかくも、いま、このときになって、過去の怨みを蒸し返すことは、失笑こそ買っても、何の誉《ほま》れにもならないはずである。

「よい。そなたは何もせずとも。ひそかにわしの手の者を動かす」

にやりと笑って、遠い目をした。

「やはり、そうした者たちがおったのですか」

と、広田はつぶやくように言った。

噂《うわさ》はあったのである。

この殿は若いころから陰謀好きで、藩主になる前後あたりからは、その陰謀を実行するための、隠密のような者を何人か抱えていると。

「まったく疑われることなく接近し、気づいたときには、相手をあの世に送り込んでいる。これまで四人の者を地獄に送り込んだ」

と、宗房は嬉しそうに言った。

いったい、そうした連中をどこから連れてきたのか。

藩の者なら必ずどこそこの家の者がとわかるはずだが、そうした話もいっさいない。藩の者ではないのか。武士ではなく、町人とか、あるいは他国をも渡り歩く山の民のような者たちなのか。

「何人かいると漏れ聞きましたが」

と広田は訊いた。どうせ存在しているなら、せめて実態を把握しておきたい。できれば顔や名前も。

「さて、それはどうじゃったかのう」

宗房は惚け、「そなたも怖《こわ》いか」と、嬉しそうに訊いた。

広田はそれには答えず、

「寺坂にも複数、向かわせるのですか」

「そのようなジジイ、一人で充分だが、さて、どんなものか」

「殿」

広田はまっすぐに宗房を見た。

「なんだ」

「そのようなことで失敗などしたら、天下の笑い者に」

最後までは言わないが、要はやめるように諫《いさ》めているのだ。

だが、言上《ごんじょう》して聞くような人でないのはわかっていた。

広田はこの若き藩主を、子どものときから見てきていた。

もしかしたら、血筋からいうと曾祖父に当たる吉良上野介の気質を、もっとも色濃く受け継いだ子孫かもしれなかった。

偏頗《へんぱ》な性格は、顔にも滲《にじ》み出ていた。いつも機嫌悪そうに眉をしかめ、左右両目を片方ずつ、落ち着きなくまばたきを繰り返す。まるで光を同時に見つめようものなら、目がつぶれてしまうとでもいうように。

この爽やかな新緑の季節に、どす黒い陰謀をめぐらすというのは、いかなる性質なのか。広田の胸は黒い憂《うれ》いでふさがれていった。武士というのは、どんな愚かなあるじにも忠誠を尽くさなければならないのだろうか……。

「寺坂という男は、どこにおるのだ？」

宗房が訊いた。

「いまは麻布絶江坂《あざぶぜっこう》の曹渓寺《そうけいじ》というところで、寺男として働いているとか」

隠しても、どうせ知られてしまうことである。広田の脳裏に、麻布界隈《かいわい》の静かな初夏の景色が浮かんだ。坂が多く、その坂道を覆《おお》うように木立が並ぶ町である。

「麻布か。では、当家の中屋敷に近いのではないか？」

「はっ、間近な距離にございます」

上杉家の中屋敷は、麻布落合《おちあい》坂にあるおよそ一万二千坪の広大な屋敷である。

「それはなにかと好都合じゃな」

「その者たちは中屋敷にいるのですか」

「いや、国許だ。呼び寄せることにしよう」

宗房は酒を口にふくみながら、にやにや笑っている。誰に命じるのかわからないというのは、広田にはどうにも不気味だった。

第一章　バチ当て様

一

麻布は江戸の南西のはずれ、高台と谷からなる起伏の激しい町である。

このあたりまで来ると、江戸もだいぶ鄙《ひな》びてくる。

白東山《はくとう》曹渓寺は、その麻布の中でもずっと奥まったところにあった。

南に足を伸ばすと、白金《しろかね》、伊皿子《いさらご》、高輪《たかなわ》といった町があるが、もう少し西のほうにいけば、そこらはもう広尾《ひろお》ヶ原と呼ばれる緑なす野山である。

この野山は楽しみも多い。

山菜が採れ、川には魚影も濃い。

天気がいいので、野遊びに来た女たちのあでやかな着物姿も、遠くにちらほらと見えていた。

曹渓寺の裏手に、絶江坂と呼ばれる急な坂がある。ずっと上がっていくと、三町（約三百三十メートル）ほどで東から来る仙台坂《せんだいざか》とぶつかり、麻布の台のいちばん高いところに出る。坂を下りると、すぐに渋谷川《しぶやがわ》へ出る。

渋谷川は、江戸の西を大きく迂回するように流れる川で、場所によっても呼び名が違ったりする。広尾川とも、古川《ふるかわ》とも、下流になってくると、新堀川《しんぼりかわ》と呼ばれ、さらに金杉川《かなすぎがわ》となって海にそそぐ。

曹渓寺のあたりは、新堀川と呼ぶ者もいれば、古川と呼ぶ者もいるが、このあたりの古くからの者は、渋谷村から下ってくる渋谷川と言いならわしていた。

曹渓寺の正門は、絶江坂とは反対側の三田《みた》方面を向いている。

こちらは低地であり、人家があるばかりで、景色がどうこうという場所ではない。

だが、墓は絶江坂に面して西側に広がっている。こちらからは坂上から渋谷川の流れや、広尾ヶ原、そして三田から伊皿子へとつづくゆったりした起伏に富む、広がりのある景色が眺められた。

いま、その墓場の隅、絶江坂の中腹あたりに腰を下ろしている老人がいた。

寺坂吉右衛門信行《のぶゆき》である。

曹渓寺で寺男をしている吉右衛門は、夕方、一仕事を終えたときは、いつもこのあたりに腰を下ろし、眼下の景色を眺めていることが多かった。

この男の過去を知る者は、もはやそう多くない。

寺坂吉右衛門信行は、元赤穂藩の足軽頭で郡代を務《つと》めた吉田忠左衛門《よしだちゅうざえもん》の、その吉田組に属した足軽だった。いわば赤穂藩直属の家臣ではなく、家臣の家来、すなわち陪臣《ばいしん》ということになる。

家禄は低く、五石二人扶持《ぶち》に過ぎなかった。

その足軽が、陪臣としてはただ一人、元禄十五年十二月十四日の吉良邸討ち入りに参加した。

浪士たちは、表門からの部隊と、裏門からの部隊にわかれ、時を同じくして突入した。吉右衛門は裏門の隊にいた。

ぐっすり寝込んでいた時分の突然の襲撃に、吉良屋敷は混乱のきわみに陥《おちい》った。それぞれが手にした松明《たいまつ》のあかりが、激しく揺れ動く中で、吉右衛門は短めの刀を必死に振るいつづけた。何人斬ったかなど、覚えてもいない。「落ち着け、落ち着け」と言い聞かせながら、あとで記憶が途切れるくらいに興奮していたものである。

討ち入りは成功し、浪士たちは主君の仇、吉良上野介の首級をあげた。

参加した浪士の数は四十七人であったが、ほとんどは切腹の処分を受けることになった。

ことになった。

だが、ただ一人、もっとも軽輩だった寺坂吉右衛門だけが、処分を受けずに、生き残る

その理由は、当人を除けば、よくわかっていない。

この討ち入りのことを、後の世に正しく伝える役目を命じられたとも言われる。

あるいは、軽輩ということもあり、いくつかの後始末を命じられたのだとも。

事実、吉右衛門は、吉良上野介を討ち果たしたあと、一行と別れ、預かった口上書など

を吉田の妻らに届けている。

その後、大目付に自訴して出たが、赤穂義士に同情的だった大目付は吉右衛門を放免し

たのだった。

それから吉右衛門は居場所を転々とする。姫路《ひめじ》藩の吉田忠左衛門の娘婿である伊藤《いとう》家に

仕え、姫路藩主の転封とともに三河《みかわ》や下総《しもうさ》に移り住んだこともある。

五十一歳のときからは、旧知の人の紹介で、江戸の麻布・曹渓寺の寺男となった。一時

期、曹渓寺門前の旗本、山内主膳《やまうちしゅぜん》に元赤穂浪士であることを知られ、山内家で働くことに

なった。だが、体力の衰えを理由に、長男は山内家に置いたまま、自身は再び寺男にもど

った。気遣いの多い旗本家の内証の仕事より、身体を動かす寺男の仕事のほうが、自分に

は向いているように思えたのである。

この曹渓寺で、寺坂吉右衛門は八十三歳という天寿を全うするのだが、それはまだ先のことである。

吉右衛門が討ち入りに参加したのは、三十九歳のときだった。

そして、いま、時は流れ、七十三歳になっていた。

「わしは老いた……」

と、つぶやくこともある。

さすがに顔に皺《しわ》は多い。だが、若いころから絞りに絞った中肉中背の身体は、いまだ無駄な肉はつけておらず、姿勢もいい。

「毎日、お灸《きゅう》が欠かせなくて」

と言ったりもするが、しっかりした足取りを見る分には、若い者にまったく負けてはいない。

ただし、眼差しはずいぶん穏やかになった。吉右衛門の四十代を知る者は、みな、

「もっと鋭い目をしていた」

と言った。

その穏やかな眼差しで、遠くの景色を眺めている姿は、一見、どこにでもいる老人の一人である。

だが、あの吉良邸討ち入りという稀代《きたい》の大事件を体験した男は、本当にどこにでもいるような老人になったのだろうか。いや、なれたのだろうか。時の流れというのは、どんな異常な体験ですら、茫漠とした闇の彼方におしこめ、平穏な過去だったかのようにとりつくろってくれるものなのだろうか……。


吉右衛門が立ち上がろうとしたとき、その絶江坂を一人の少女が上ってきた。

切れ長の目に特徴がある。目元を五月の風が吹いているような、涼やかさがある。聡明さも感じる。細い鼻梁も、すっきりした目元にふさわしい。

頬はふっくらして、まだあどけなさを残しているが、もう一、二年もしたら、目を瞠《みは》るくらい美しい娘になる。

——あの娘はたしか……。

目の前までやってきた娘に、吉右衛門は声をかけた。

「喜兵衛《きへえ》うどんのところのおさきちゃんだな」

「はい」

と、小声でうなずいた。眉間に若い娘にはふさわしくない皺が寄り、表情が暗い。

それもそのはずである。

十日ほど前、父親の喜兵衛が渋谷川に落ちて死んだ。三之橋《さんのはし》の先に荷物の揚場《あげば》があり、その足場にひっかかっていたのが、朝方になって見つかった。この夜は、川の水が少なく、幸い下流まで流されずにすんだ。

死体に斬られたり、首を締められたりした痕《あと》はなく、胸を押すと飲んだ水が多量に噴《ふ》き出たという。それなら溺《おぼ》れて死んだことになる。

喜兵衛のうどん屋は、絶江坂を下り、渋谷川沿いをいったん右に行き、四之橋《しのはし》を渡り、もう一度、渋谷川沿いに下った麻布田島町《たじま》にある。

ここは、コシの強いうまいうどんを食わせた。

吉右衛門に言わせると――。

江戸には、うまいそばを食わせる店は多い。麻布にもそんな店がいくつかある。だが、うまいうどん屋となると、あまり多くない。うどんとそばの両方をやる店がほとんどだが、そばはうまいがうどんはさほどでもなかったりする。

討ち入り前の密会ではよく、うどん屋を使ったものだが、赤穂から遅れてやってきた連中も、そう言う者が多かった。

喜兵衛は、別段、京大坂で修業をしたわけではなく、若いころに一度、大坂に行ったときに覚えてきた味を、自分なりの工夫で再現しただけだと言っていた。

「あんたはいくつだったかな？」

「十六です」

「おっかさんの具合は相変わらずかい」

「ええ、このところは愚痴《ぐち》ばっかりです」

おさきの母親は目を悪くしていた。かすんで見えないというので、店の仕事もほとんど手伝えずにいたほどである。そのうえ、亭主が急死したのだ。愚痴をこぼさずにいろというのは難しい。

「そりゃあ、仕方がないが……」

おさきとしては、もう少ししっかりしてもらいたいだろう。

母娘二人の暮らし向きはすぐに逼迫《ひっぱく》するにちがいない。うどん屋をつづけると聞いているが、小娘と目の悪い母親とで、どれくらい商いができるのか。

じつは、喜兵衛の死には疑惑がある。葬式のときも、その話でもちきりだった。

喜兵衛の溺死体が見つかる二日前に、喜兵衛の店の隣の空き家で、人が変な死に方をした。明け方に死体が逆さ吊りにされていたのだ。死んでいたのは、空き家になる前に、この家を借りていた男だった。

明け方、その逆さ吊りの死体を目撃した喜兵衛は、すぐに騒ぎ立て、見たことを番屋の町役人などにも報告した。

しかも、喜兵衛は、空き家になる前に住んでいたのは、殺された男ではないと言ったというのだ。

その翌日、喜兵衛は夜、一人でどこかに行き、翌朝、渋谷川で溺死しているのが発見された。

酔って落ちたのだろうというのが町方の見方だったが、

「川に落ちるほど酔う人じゃなかった」

「芝の海でも泳いでいた人だよ。川なんぞで溺れるかい」

「だいいち、毎日、歩いている道で、川になんか落ちるもんかい」

そんな声が多かった。

おさきがどう思っているかは知らないが、吉右衛門が端《はた》で聞いた限りでも、なにやらおかしな死に方だったのである。

おさきは、父の墓前でひざまずいた。

墓は小さいが、二尺ほどの丸みを持った石に、「代々之墓」と彫られている。その文字もかなり風雨に洗われ、読みにくくなっている。家康公が江戸入りする前から、先祖はこの地で百姓や人足の仕事をしてきたのだ。うどん屋は喜兵衛の代で始めたことだった。

しばらく手を合わせていたおさきは、

「それでは、おじさん……」

と頭を下げた。

「うむ。気をしっかりな」

おさきは力なくうなずき、絶江坂を下っていった。

——あの娘はどうなっていくのか。

見送っていると、そこへ、後ろから妻のおせんがやって来た。髪結い道具を入れた縦に細長い木箱を持っている。

「ああ。やっぱりここからの眺めがいちばんですねえ。新緑がきれい」

と言って、吉右衛門の隣に座り、膝を伸ばすようにした。

「そうかね。仙台坂あたりも見事だと思うが」

仙台坂というのは、曹渓寺からもう少し北に行ったところにある急な坂で、伊達《だて》藩の下屋敷のわきにあるため、そう呼ばれた。大樹が多く、道の両脇から枝葉が頭上に覆いかぶさってくる。その葉影の先に、空や町並が覗《のぞ》けるのだ。

「いや、あたしはこっちのほうが好きですよ。のんびりしてますもの」

「のんびりとなあ」

おせんは吉右衛門より三つ下で、七十歳になった。新緑がきれいだの、眺めがいいなどとも言ったことはなかった。それだけ歳を取ったのだ。

のんびりしていてよいなどとは、昔は決して言わなかった。

もともとは落ち着きがないほどせかせかした女だった。

若いころから髪結いの仕事をしていただけあって、武士の妻というよりは町人のおかみさんのようである。

途中、亭主が藩の廃絶や討ち入りなどといった大事件に遭ったり、夫婦ともども各地を転々としたり、落ち着かない人生だったが、どうにか男女二人ずつ、四人の子を育ててくれた。亭主が留守がちのときもあったのに。

直接言うのは恥ずかしいが、内心ではよくやってくれたと思っている。

「これから仕事か」

「ええ。薩摩《さつま》屋のおかみさんが、急に明日、出かけなくちゃならなくなったんだって」

友だちづきあいしているお得意様である。

「では、遅くなるな」

そろそろ陽差しも傾き、あと四半刻《とき》（三十分）ほどで日は暮れるだろう。

「小魚を煮たのがありますから、帰ったらすぐにご飯にしましょう」

「いや。腹が減ったわけではない。それより、絶真《ぜっしん》様はもどられたか?」

絶真というのは、ここ曹渓寺の若き住職である。住職となるのはたいがい五十、六十の修行を積んだ坊主だが、絶真はまだ三十二歳という若さだった。

生真面目で、いちおう立派な説教もするが、なにせ若いので説得力がない。先代の故・絶円《ぜつえん》和尚はさばけた僧侶で、吉右衛門の親友でもあった。

曹渓寺は浄土真宗ではないから、むろん僧侶は妻帯できない。当然、先代といまの住職とのあいだに血縁はない。

だが、この若さで住職となって来たのだから、よほどの修行と勉学を積んだ俊才であることは言うまでもないだろう。

なんでも、相当な大身《たいしん》の旗本の三男坊だったとか聞いている。

目鼻立ちのはっきりしたいい男で、二重の大きな目で見つめられると、若い娘や後家さんたちは、ぽーっとなるらしい。だが、吉右衛門は何か叱《しか》られるのではないかという気持ちになってしまう。

実際、人づかいも荒く、細かい用事を見つけては頼んでくる。悪気があるわけではなく、口調もていねいなだけに、断ることもできない。

「いや、まだもどってないよ」

おせんは吉右衛門の気持ちがわかっているらしく、笑いながら言った。

「では、ちと息抜きをしてくるか」

「ああ、そうしてくるといいよ」

先に坂を下っていくおせんを見送った。

道具を片付けたら、三田の台地にある釜無《かまなし》天神に行くつもりである。

そこの神主が吉右衛門のいちばんの話相手であり、うまくすると、氏子《うじこ》からもらった団子などにありつけるかもしれない。

二

吉右衛門は、絶江坂を下り、四之橋を渡ると、いったん川沿いに迂回し、向かい側の坂を三田の台地のほうへ上りはじめた。渋谷川に架かる橋が少ないので、目的地によっては遠回りしなければならない。

刀は短めのものを一本差している。拵《こしら》えは無骨だが、備前信房《びぜんのぶふさ》の銘がある。長船《おさふね》の名刀だった。

討ち入りのあとで、直接のあるじだった吉田忠左衛門からもらった大切な刀である。つねに手元に置き、身体の一部のようになっていた。

「ほらほら、こっちだぞ」

声をかけた相手は、吉右衛門が飼っている犬のアカである。

飼い始めたころは赤毛だったが、成長したら色が薄くなってきた。いまは赤毛というより、杉の木肌のような色に変わっている。それでも、仔犬のときにつけた名はそのままである。

牝犬《めす》だが気が強い。牡《おす》の犬が寄ってきても、尻尾で尻をふさぎ、低く吼《ほ》えるだけで相手にしない。

この犬を五年前の仔犬のころから、吉右衛門は可愛がってきた。アカもよくなついて、吉右衛門が墓の掃除をしているときなども、つねに身近なところで居眠りをしているのだった。

「そこを曲がるぞ。そう、そっちだ」

何度も連れてきているので、どこへ行くかはわかっているらしい。

吉右衛門は坂道を踏みしめるように歩いた。はじめは緩《ゆる》やかだが、次第に急になっていく。荷車なら、まず一人では上れない。麻布や三田など、ここらは坂が多い。年寄りには住みにくいなどと言う者もいるが、吉右衛門はむしろ、これが足腰の衰えを防ぐのに役立っているのだと思っている。

　三田の台地には寺が多い。さまざまな宗派の大小の寺が、台地一帯を覆いつくすように林立している。そのため樹木も多く、山道を歩いているようでもある。

　上り切ると、その先はまた下り坂になり、下は東海道に沿った芝田《しばた》町の町並みが横に伸びている。そのすぐ向こうが海であり、左手遠くに見える砂浜が芝浜である。

　この台地からも、寺の伽藍《がらん》のあいだから海がよく見えた。

　すでに夕暮れが迫っている。海は赤くないが、沖の船の帆がうっすらと紅《くれない》色に染まっていた。

　釜無天神は、台地でもいちばん高いあたりにあった。境内《けいだい》に入っていくと、絶江坂の景色とはまったく違う大きな景色が足元に広がった。

「おい、いるか？」

　境内を海側にまわって、声をかけた。

「おお、吉右《きちえ》かぁ？」

　間延びした声が、社殿の裏から聞こえた。

　神主の菅原大道《すがわらだいどう》が姿を見せた。竹ぼうきを持っている。裏手の庭を掃《は》いていたらしい。

　落葉の季節でもないから掃くものもなさそうだが、菅原がつねづね言うところでは、神社の庭はそういうものではないらしい。掃き清めるという心がけが大事なのだそうだ。

曹渓寺では、そうした仕事は吉右衛門や小坊主たちがやるが、ここは神主の菅原がすべて自分でやる。

菅原は吉右衛門と同じ歳で、七十三である。

ひょろひょろと背が高い。五尺七寸ほどはあるのではないか。突っ立っていると、棒のようである。

独り身で、妻はもう二十年ほど前に他界した。もともとは妻が神社の娘で、菅原は若いときは船主だったと聞いたこともある。船乗りにしては身体がきゃしゃすぎるようだが、船主ならありうるのか。

近くの浄土真宗の寺に嫁いだ娘がいて、始終、孫とともに出入りしてはいるが、勝手な独り暮らしをしている。

「ちょうどいいところに来たな」

「なにがだ」

「氏子が持ってきてくれたいい酒があるぞ」

と言って、肩を上下に揺すった。嬉しいときの癖である。

「それじゃあ、付き合うか」

吉右衛門はさほど酒好きではない。だが、菅原と話をしながらちびちびと舐めるのは好きである。

社殿と住まいのあいだにある渡り廊下のほうへ向かった。そこでいつも海や庭の木を眺めながら、飲み食いしたりする。海は景色こそ単調だが、色合いの微妙な変化は眺めて飽きることがない。

だが、左手にある小さな祠《はこら》に目をやった吉右衛門は、

「おや……」

と、足を止めた。

そこで一心に手を合わせている娘は、さっきのおさきではないか。

「あれは……」

「あの娘を知ってるのか」

「ああ」

「このところ、毎日のようにここに来ているぞ」

「あれは、田島町のうどん屋の娘でな」

「ふむ。何かあったのか」

と、菅原が訊いた。神妙な面持ちになっている。

こちらの天神様ではなく、向こうの古神を熱心に拝むというのは、それだけで訳ありということがわかってしまうのだ。

ここは、本殿こそ天神さまを祀《まつ》っているが、じつは境内の片隅に、怨む相手にバチを当ててくれるという奇神をひそかに祀っていて、こちらをめあてにお祈りにくる者も少なくなかった。客寄せにでっちあげたようなでたらめの神ではない。かなり昔からあって、石の文字も消えかけ、

「……大神」

としか読めない。だが、このあたりの者は、

「バチ当て様」

と呼びならわしていた。

「バチ当て様も有名になったもんだ」

菅原は少し呆《あき》れたように言った。「あんな坂下からも来るんだからな」

「そのうち、芝だの白金だののからも来るようになるぞ」

吉右衛門は愉快そうに言った。

バチ当て様の参拝者が増えはじめたのは、じつはこの三、四年のことである。

というのも、参拝者の願いを知ると、かんたんな願いなら、菅原たちがひそかに叶《かな》えて

あげるという悪戯《いたずら》をはじめたからである。

たとえば、つい十日ほど前だが——。

近くの三田台町一丁目に住む新太《しんた》という少年が、こんな願いごとを持ってきた。

新太は近所でも凧揚《たこあ》げの名人と、子どもたちから一目置かれていた。

凧揚げは正月だけの遊びとは限らない。

初夏の風にのせて、子どもたちは江戸の方々の高台から凧を飛ばした。色鮮やかな凧が高々と舞い上がるようすは、大人が眺めても気持ちのいいものである。

だが、この日は糸が切れて、近くの大名屋敷に落ちてしまった。

門番に取ってくれと頼んだら、門番は取ってきてくれたのはいいが、少年の見ている前で、凧を踏みつぶしてしまった。新太の凧の中でも、とくに高く上がる大事な凧だった。

「なぜ、そんなひどいことを」

と抗議したら、

「ガキのくせに、おれを使いやがって」

と胸倉《むなぐら》を摑《つか》まれたという。

新太はそんなふうに事情を説明し、

「バチ当てさま。どうか、あの門番にバチを当ててください」

と、手を合わせた。

賽銭箱《さいせん》に入れたのは、飴玉《あめ》だった。おやつを倹約したのだろう。

三度目にやってきたとき、

「これ、新太とやら」

と、祠の裏から菅原がくぐもった声で告げた。

「ひえっ」

新太の目が驚いて真ん丸になった。

「その屋敷というのは土岐《とき》様の屋敷だな？」

「そうです」

「門番はどんな顔をしておる？」

「げじげじ眉毛の大きな男でした」

「あい、わかった。その願い、叶えてやるぞ」

「ありがとうございます」

新太は目を輝かせた。

土岐様の屋敷とは、同じ高台にある上野沼田藩《こうずけぬまた》三万五千石、土岐美濃守の屋敷である。

門番は新太が言ったとおりの男ですぐにわかった。

そこで、菅原と吉右衛門はまず、門番のあとをつけ、住まいをつきとめた。大名屋敷からも近い三田台裏町の長屋だった。

この長屋に、門番がいないときを狙《ねら》って、家の中に墨をまきちらした。しかも、部屋の真ん中にタコを一匹、放り出しておいたのである。爪をつぶしたバチで、タコが墨をまいたというわけだ。

このできごとは近所の噂になり、やがて新太にも伝わった。新太は大喜びで、バチ当て様にお礼に来たものである……。

こんなことをときどきやるものだから、バチ当て様は霊験《れいげん》あらたかというので、参拝者が増えてきているというわけだった。

「あの娘は、何と言って拝んでいるのだ？」

と、吉右衛門はおさきのようすを窺《うかが》いながら訊いた。

祠の裏は崖になっているかに見えるが、じつは途中に一段低く、人が歩ける小径《こみち》がある。そこに立つと、祈ったりつぶやいたりする声がはっきりと聞こえるらしい。

らしいというのは、さすがに他人の祈りを聞き届けるのは神主だけがすることで、いくら親しいといっても、神の代理人でもない吉右衛門が聞くわけにはいかないからだ。

その裏の小径のところで、菅原は毎日祈りに来るような熱心な参詣者の願いには、それとなく耳を傾けているのだ。

「それがな、千蔵《せんぞう》にきついバチを当ててくれと」

「千蔵……」

吉右衛門は眉をしかめた。心あたりがあった。

「たしか麻布界隈で嫌われている岡っ引きが千蔵といったな」

「あの千蔵だとしたらな」

岡っ引きの千蔵なら、嫌われているどころではない。憎まれ、怖れられている。

吉右衛門は、千蔵が少年の掏摸《すり》を捕まえたところを見たことがある。善福《ぜんぷく》寺の門前だった。まだ十三、四くらいの子どもを十手で顔を殴ったうえに、蹴るは引きずるは、さんざんな目にあわせていた。

額にもよるが、掏摸はそれほどの大罪ではない。あれは、やりすぎである。ふだんは暗く沈んだ目をしているが、殴っているときの千蔵の目には、欲情したようにも見える嫌な気配が感じられた。

その千蔵は、田島町で起きた二つの事件についても調べをおこなっているはずである。

「千蔵にバチを当ててくれと祈っている人間は、おそらくおさきだけではないだろうな」

と、吉右衛門は千蔵の暗い目つきを思い出しながら言った。

「だが、あの娘の祈り方は尋常ではない」

「そうか」

「千蔵があの娘になにかしたのか？」

「はっきりしたことはわからんのだが……」

もしかしたらおさきは、父親が死んだことに千蔵もかかわっていると思っているのかもしれない。だが、いまは相手が菅原でも、うかつなことは言えない。菅原がうっかりそのことをしゃべってしまい、大事になることだってありうるのだ。

まもなくおさきは立ち上がり、若い娘とは思えない重い足取りで引き返していった。固い表情でうつむき、こっちの方はちらりとも見なかった。

三

夕陽の海を眺めながら、二人だけの酒宴が始まった。

酒は縁起物のような小さな樽《たる》に入っている。せいぜい一升ほどだろう。酒豪の菅原なら、一人で飲みきることもできる。

吉右衛門のほうは、二合ほど飲めば、真《ま》っ赤《か》になってしまう。だから、一合ほどをゆっくりと飲む。それで充分、心地よくなる。

肴《さかな》は大根の古漬けだけである。

「ほれ、アカにもいいものをやろう」

菅原は渡り廊下の下に寝そべっていたアカに、干し芋《いも》を投げてやった。アカの大好物だった。

「なあ吉右……」

菅原がしんみりした口調になっている。

「なんだ」

と訊いたが、菅原が言いたいことは察しがつく。

「去年のいまごろも、絶円と三人で飲んだな」

やはり、曹渓寺の前の住職、絶円のことだった。

「ああ、飲んだ、飲んだ」

「絶円は酔って、そこで転んだ」

菅原は本殿の階段のあたりを指差した。

「そうだったな。あいつはやはり、粗忽《そこつ》なところがあったからな……」

吉右衛門はため息をついた。

二人の友だった曹渓寺の絶円が突然の事故で亡くなったのは、昨年の秋である。キノコ狩りに行って、マムシに嚙《か》まれて死んだ。

それまではぴんぴんしていたし、もともと頑丈な男で、運ばれてきたときも、当人でさえマムシの毒くらいでは死なないと口にしていた。だが、酒が入っていたため、毒のまわりが速かったのだろうと医者は言っていた。運ばれてきた日の夜、吉右衛門らが見守る中で、

「うっ、なんだ……」

と言ったきり、息をしなくなった。

以来、半年近く経ったが、吉右衛門はまだ、友の死の衝撃から立ち直れずにいる。

この歳になれば、ほとんどの旧友たちは鬼籍に入っている。

それでも、絶円の死はこたえた。

寂しくてたまらない。先を越されたという気もある。いまも曹渓寺の本堂で経を読んでいる絶円の姿が、幻のように浮かんだりする。

絶円というのは、愉快な男だった。菅原も快活で面白い男だが、絶円はいつものっそりして、ぼそりと面白いことを言った。だが、菅原に言わせると、学識は相当なものだったらしい。

そういう菅原も高い学識を持ち、吉右衛門は二人といっしょにいると、いつも学問をしなければという焦《あせ》りを感じたほどだった。もっとも、死んだ絶円も、菅原も学識をひけらかしたりはしない。単に、新しい知識を得ることが好きでたまらないというふうなのだ。

とくに、吉宗公が将軍になってから、西洋の学問を取り入れることが許されるようになったため、菅原などは好奇心の休まるときはないというふうだった。

「くだらぬ死に方をしおって」

吉右衛門が吐き捨てるように言うと、

「だが、わしは近頃、あいつらしい死に方だったような気もするのだ」

菅原はしみじみと言った。

微笑ましいといったら何だが、最後まで周囲の者を驚かし、絶円という男を印象づけた。まるで、あいつがする法話や説教のようだった。

「あ、そうだ」

菅原は突然、手を打った。

「どうした?」

「吉右、あの女を見かけたぞ」

「女だと?」

「ほれ。絶円の葬儀で、泣きじゃくっていた女がいただろう」

「ああ……」

菅原に言われて、思い出した。通夜にはいなかったが、葬儀のとき現われて、ずっと泣いていた。声を上げたりはしないが、大粒の涙が次から次へとこぼれ落ちていた。

「うむ。あれはいい女だったな」

檀家の人間ではなかった。寺男の吉右衛門も見たことはなかったし、絶円の親類縁者でもなかった。どういう人か訊こうと思っているうち、姿が見えなくなってしまった。

その後しばらく、気にはなっていた。

「どこで見た？」

と吉右衛門は訊いた。

「麻布十番に用事があって行ったときさ」

麻布十番とは正式の町名ではない。渋谷川に架かる一之橋界隈の坂のあたり一帯をそう呼びならわしている。もとは一帯の工事を請け負った十番組に由来する。

あそこらは、ごった煮のようで面白い町である。

「飲み屋の前を掃除していたが、なんだか自分の店のようだったぞ」

「飲み屋のおかみか」

吉右衛門は首をかしげた。いい店を知っていたなら、自分たちも連れていってくれたはずである。現に、芝の飲み屋と団子屋を絶円に教えてもらったことがある。だが、麻布十番の店のことは聞いたことがない。

「まさかな」

と菅原は言った。

まさか、いい関係の女ではないだろうな、という意味である。

吉右衛門と菅原は、顔を見交わした。

「酒はひそかに飲んだが、まさか女犯《にょぼん》はないだろう」

稚児《ちご》や陰間《かげま》はもちろん、女遊びをしている坊主も大勢いる。ときおり女犯の坊主が懲《こ》らしめのため、遠島になったりするが、それでも止むのはいっときらしい。

だが、絶円は違ったと思いたい。強い欲望を我慢してこそ、仏に仕える身ではないか。

「今度、行ってみるか」

「そうだな」

それからひとしきり、いまの住職である絶真について、話が盛り上がった。生真面目で、融通がきかなくて、誰彼かまわずつかまえては説教を垂《た》れる。ああいうのも困ったもんだという愚痴である。

その後、近頃の若いヤツの話で溜飲《りゅういん》を下げ、

「さて、そろそろ」

と、吉右衛門は立ち上がった。陽は落ちてしまった。西の空にかすかな青みが残っているが、それはここが高台だからで、坂を下りたら深い闇に包まれる。

「帰るか。気をつけろよ。坂道を転がり落ちるな」

「ああ。お前こそヘビに嚙まれるな」

吉右衛門も憎まれ口を返した。だが、どうも足元が怪しい。弱いのに飲みすぎたのだと、内心、後悔する。

「アカ、帰るぞ」

菅原に提灯《ちょうちん》を借り、アカと連れ立って坂道を下りてゆく。

向こうにも酔っ払いが家路につくのだろう、提灯をさげてふらふらと坂の途中の横道を通り過ぎていった。かたわらから黒い猫が出てきて、酔っ払いのわきをすり抜ける。弱い灯りの中で、大小の影が交差した。

――あ。

ふと、足を止めた。

何か浮かびそうである。渦巻き出した言葉がおさまるのを待つ。

春の夜や猫と酔漢すれ違ふ

「どうかな」

と、アカに向かって訊いた。アカがクウと啼《な》いた。もう夏といっていいが、夏よりも春の気分である。

いまでこそ句会に出ることはなくなったが、吉右衛門は俳諧《はいかい》をたしなむ。〈進歩〉という号もあった。

討ち入りを敢行した仲間の中にも、大高源吾《おおたかげんご》や神崎与五郎《かんざきよごろう》など、俳諧が好きな者が何人もいた。

とくに大高源吾は、芭蕉《ばしょう》の高弟の一人、宝井其角《たからいきかく》と親交があった。

江戸の俳人たちのあいだには、面白い話が伝えられている。

討ち入りの前日、大高源吾は笹竹売りの格好で吉良家のようすを探った。ちょうど江戸は煤《すす》払いの日で、町には大勢の笹竹売りが出ていたのだ。

その帰り道――。

大高は両国橋の上で、宝井其角とばったり会ってしまった。

其角は、大高の姿を見て哀れみ、

　年の瀬や水の流れと人の身は

と詠《よ》んだのだという。すると大高もすぐに、

　あした待たるるその宝船

と返したそうだ。

吉右衛門はこの話が本当なのかどうか知らない。討ち入りの前にそんな会話をする余裕は、とてもじゃないがなかった。

だが、大高ならそんな話があっても不思議ではない。頭のいい男で、当意即妙のところがあった。

吉右衛門は、大高らの句をおさめた句集にもいくつか自分の句を載せてもらっている。

　風蘭も我もうき世の中にいる

身のかるき生れ付也種瓢

蓴菜に何と踏出す鴻の足

うつくしい顔に化粧や花曇り

などである。身に余ることだと思っていた。

渋谷川沿いの道を歩き、喜兵衛うどんの前を通った。

小さな平屋は静まり返っている。中では病母と娘が布団を寄せ合ってちぢこまっているのだろうか。つい先日までは、まったきの幸福とまでは言えないまでも、小さな笑顔も穏やかな一日もあったはずである。それが突然、不安と恐怖の中に放りこまれたのだ。

それは、いつ、誰の身に訪れるかもしれない人生の落とし穴なのだが、三十数年前、藩の崩壊で同じような思いを味わった吉右衛門には、おさきの頼りなげな気持ちが理解できた。しかも、涼やかな目をしたあの娘はまだ、ほんの十六なのだ。

提灯でほんの数歩先の足元を照らしながら、ゆっくり歩いた。もう酔いは消え去っていた。

四

数日後——。

日が暮れてから、仕事からもどったおせんが、

「痛たたた……」

脚に秉燭《ひょうそく》の明かりを向けた。小さな光が、おせんの老いた足を照らした。

提灯《ちょうちん》のろうそくが尽き、坂道でつまずいて膝をすりむいたらしい。垂れるほどではないが、血がにじんでいる。

「大丈夫か。傷はよく洗っておきなよ」

「たいしたことないよ。それより、お前さん……」

「なんだよ」

「うどん屋のことなんだがね」

おせんが、髪結いの仕事に行って、噂を聞いてきたのだ。

髪結いというのは、ものを売るだけの商売と違って、客とたっぷり話をする。客もそれが楽しみなのだ。そのため、近所中の噂に精通してしまう。

おせんは髪結いが長いので、やたらと噂を吹聴してまわることの危うさを知り尽くしている。あとで、「ああ言った」「こう言われた」と騒ぎになることもある。だから、客との話には気を使うし、うかつなことは言わない。

だが、吉右衛門には、仕入れた話はなんでもよくしゃべった。

「どうも、おさきちゃんは、おとっつぁんは殺されたんだって思い込んでいるらしいね。しかも、やったのは岡っ引きの千蔵だというのさ」

やはりそうなのだ。だから、バチ当て様に復讐を願っているのだろう。

「そう思い込むような理由があったのかい」

と、吉右衛門は訊いた。

「それが、はっきりしない話なのさ。あの夜、喜兵衛さんを誘い出したのは、千蔵だったらしいんだよ。というのは、夕方、店の近くで千蔵がこちらを窺うようにしていたし、夜遊びなどしないおとっつぁんが夜遅くに出かけたのも、岡っ引きの千蔵に呼ばれたからにちがいないというわけさ」

「千蔵を見たとか、声を聞いたとかいうんじゃねえのか」

「そうなんだよ。だから、おさきちゃんの単なる思い込みかもしれないけど、町の人たちもみんな、おさきちゃんの勘のほうを信じてるわね」

たしかにそうだろう。

「あらあら、晩ご飯を待たせて悪かったね」

おせんが台所に立った。

「なあに、汁を温め直したから、それで昼の残り飯を食おう」

もう少し遅ければ、先に一人で食うつもりだったのだ。吉右衛門はこうしたことも厭《いと》わずにこなす。

茄子の味噌汁だけをおかずに飯を食べはじめたところに、

「いまごろ夕飯ですか」

と、戸口のわきの窓から覗いた者がいる。

「あら、お民《たみ》かい」

娘のお民である。丸顔のおせんには似ず、細面《ほそおもて》で目元に少し険《けん》がある。

「ちょうどよかった。いっしょに食べてくださいな。庭の蕗《ふき》を煮たやつ」

「あら、お前さまの好物ですよ」

お民は二番目の娘である。歳はもう四十を過ぎている。

これにはいちばん苦労をかけたかもしれない、という思いが、吉右衛門にはある。幼いころに、あの討ち入りの騒ぎがあり、その後も貧困の中で転居を繰り返した。

そのせいもあるのか、心配性でおおらかなところがない。目元の険も、そんな性格が刻んだのだろう。

お民は近くに住んでいる。麻布十番にある馬場の裏手の、御家人たちの住まいが並ぶ一画にいる。

亭主は高見貫八《たかみかんぱち》といって、お浜御殿の番人をしている。吉右衛門の家には年に二度ほどしか顔を出さないが、小心翼々《しょうしんよくよく》として、どうにも四角四面なことばかり言う。

この夫婦を見るにつけ、

——これらに育てられたら、孫もさぞ息が詰まるだろう。

と、同情してしまうほどである。

お民は、その孫の名を出した。

「近頃、貫吾郎《かんごろう》はこちらに顔を出しましたか？」

「いや、見ておらぬな」

と、おせんの顔を見た。おせんも首を横に振った。

「まったく、困ってしまって」

「何がだ」

「どうもしょっちゅう外で喧嘩《けんか》をしたり、悪い友だちと遊びまわったりしているみたいで、うちのが叱ってもまったく馬の耳に念仏で」

「まあ、あの年頃はそういうものさ」

貫吾郎は十七になった。

見かけが大きいので、二十歳くらいに思われたりもする。たとえ二十歳でも、あれほど立派な体格になるとは限らないが。

「悪い友だちに変なことに誘われないかと」

「そりゃあ、親が勧めるようないい友だちなどというのは、遊んでも面白くもなんともないだろうしな」

「でも、近頃は、家に帰らないことも多いし」

「お前は心配しすぎなのだ。あまりうるさく言って育てると……」

「なんでしょうか」

「いや、なんでもない。心配しすぎるなというのだ」

吉右衛門は、じつはこう言いそうになったのだ。

あまり、うるさく言って育てると、人間が小さくなり、大石《おおいし》様のような男には育てられないぞと。

赤穂浪士の討ち入りを成功させた大石内蔵助《くらのすけ》という人は、本当に大きな人物だったと思い返すことがしばしばである。

大局を眺め、ときに細かいところにも留意はしたが、人物の大きさで五十人もの一癖も二癖もある男たちを引っ張っていった。ふだんは茫洋として怒ったところなど見たことがなかった。部屋の中にいるときでさえ、どこか遠くを見ている気配があった。

わが子でも家来でも、口うるさく行動を規制していったら、ああいう人物はできないのではないか。

「でも、見かけたら、説教してやってくださいな。あの子は、うちの人の言うことはさっぱり聞きませんが、父上の言ったことは、そういえばジジ殿はこんなことを言っていたなどと、思い出したりするようですから」

「だが、わしは説教などしたことはないぞ」

吉右衛門がそう言うと、

「まったく、説教くらいしてくださいよ」

お民はくしゃくしゃと顔をしかめて立ち上がった。わが娘ながら、器量は悪い。孫の貫吾郎が似なくてよかったと思う。

「おい、提灯を持っていけ」

吉右衛門が声をかけると、

「大丈夫です。暗いところは通りませんから」

お民は怒ったように言った。

気を悪くしたらしく、ぴしゃりと戸を閉め、足早に帰っていった。

「いいんですか。貫吾郎に何か言ってやらなくて」

おせんは窓から娘の後ろ姿を見送りながら言った。

「説教など無駄だ。自分で失敗しながら学ぶのでなければ、何も身につかぬ。どうしようもなくなったときだけ助けてやればいい」

そう言ったが、じつはそれも甘いと思っている。助けてやることすらできないかもしれないのだ。まったく、この世というところは、始末に悪い場所である。

五

「やっぱり獣の肉は力がつくな」

「喧嘩の前にはこれがいちばんんだ」

「食え、食え、もっと食え」

「おやじ。あと二皿」

ここは麻布十番の一画、麻布新網《しんあみ》町一丁目の路地の奥を入ったところにある店である。看板はとくにないが、開け放たれた腰高障子《こしだかしょうじ》に下手な字で黒々と、

「薬食い・くすり屋」

と書かれてある。薬食いというのは、つまり獣の肉を食らうことである。店の前には、皮を剝《む》かれた猪や鹿の肉が生々しい赤色を見せてぶら下がり、さらに店の者が縁台の上で、それらの肉を解体したり、薄く切ったりしている。

見ただけでも気分が悪くなる人間も多いのに、血の匂いもぷんぷんしている。だから、この前を通る者の多くは、鼻をつまみ、目を逸《そ》らし、恐々と足早に通り過ぎていった。

いまは、昼七つ（午後四時ごろ）の時刻である。日は長く、夕暮れの気配はない。

店の中で、四人の若者たちが七輪を囲んでいた。

網の上では、肉片が焼かれている。焼くと油がジュウジュウいって、この店ではこれを大根おろしと醬油ダレにつけて食う。

「こんなにうまいものはないよな」

「これを食わぬのは馬鹿だ」

「毒であっても食うのに、薬だというのだからたまらん」

若者たちの箸《はし》は休むときがない。

去年の暮れにできた百獣屋《ももんじ》である。麻布十番にはもう一軒、前から百獣屋があり、けっこう繁盛していた。その繁盛ぶりにあやかってつくられたらしいが、醬油のタレに工夫があるらしく、あっという間にこっちのほうが人気になった。

若者たちが食っているのは「牡丹《ぼたん》」と呼ばれる猪の肉である。牡丹の花のように赤いというところから、そう呼ばれているが、やはりその赤色には、花の透明感はない。生きものの濁りを感じさせる赤である。

皿が十枚ほど重なったところで、

「ほんとにやる気なのか」

と、暢気《のんき》な口調で訊いたのは、寺坂吉右衛門の孫の高見貫吾郎である。四人の中でもひときわ体格がよく、食欲も並ではない。肉も一切れずつではなく、二切れ三切れをいっぺんに口に入れる。十枚の皿のうち、五枚ほどは貫吾郎が食ったのではないか。

「やると言ってる」

「腕の立つヤツはいるのか」

別の若者が訊いた。

「一人は、まあまあ遣う。あとの四人はたいしたことがない」

「こっちに高見がいるのは知っているのだろう」

「知ってる。だから、向こうも用心棒に誰かは連れて来る気だろうな」

「なあに、高見に勝てるヤツがいるものか」

貫吾郎を除く三人は笑った。

それくらい貫吾郎は強い。

去年の夏ごろには、四人が通う芝の鹿島《かしま》道場の師範代が貫吾郎から一本も取れなくなった。道場主のおとうと弟子で、日本橋《にほんばし》に大きな道場を持つ人物が遊びに来たことがあるが、この人が貫吾郎に稽古《けいこ》をつけた。ところが、苦もなく打ち据えられ、

「これほどの遣い手は江戸に何人いるか」

とまで言われた。

だが、貫吾郎はそこまでうぬぼれてはいない。

「そりゃあ、わからんよ。おれよりできるヤツは、江戸にいくらでもいるだろうよ」

「そうかな。そうはいるとは思えないが」

「あまり、買いかぶるな。そうやって、おれに喧嘩をさせるんだから」

「嫌なのか」

「嫌じゃない。喧嘩なら全部、引き受けるさ」

貫吾郎は当然だという顔でこたえる。

「これだもの」

若者たちは笑い合った。

ご多分に洩れず、麻布や飯倉《いいぐら》、三田の界隈でも、武士、町人を問わず、血気の盛んな若者たちが群れをなし、それぞれ一派をつくり、いがみ合ったり、喧嘩したりしている。

貫吾郎の仲間は、麻布から芝の鹿島道場に通う同年代の若者たちである。数は多くなく、せいぜい七、八人といったところだが、今日はそのうちの四人が集まっている。貫吾郎にはとくに首領格というつもりはないが、圧倒的な剣の腕でどうしたって一目置かれることになる。

芝にはほかに鹿島道場の仲間が集まったバサラ組と称する大きな一派があり、三十人ほどが群れている。この一派は、しきりに貫吾郎たちを勧誘しているが、少なくとも貫吾郎にその気はない。

今日の喧嘩の相手は、初めて戦う相手で、渋谷のほうに住む旗本の子弟たちだった。

「おやじ、牡丹鍋をあと二枚」

仲間の一人が店主に声をかけた。

「金は大丈夫なのか」

心配顔になる若者もいる。

「なあに、これからふんだくるのだ。なあ、高見」

「まあな。あ、そうだ……」

と、貫吾郎が、肉を食う箸を止めた。

「どうした、高見？」

「あの剣を試してみようかな」

貫五郎がつぶやくように言うと、

「あ、あれか。あれは凄《すご》い」

と、一人が目を輝かせた。

「どんな剣だ？」

と、仲間が訊いた。

「何というのか、沈むのだ」

一人が貫吾郎に替わってこたえたが、じつのところ、その剣を見た者も速すぎて目に留まらなかった。

「わからないから、かわせねえのさ。それより、おれはあの剣に名をつけた」

と貫吾郎が言った。

「どんな？」

「秘剣残照斬り」

「あ、夕陽が沈むからか」

「年寄り臭いかな」

　貫吾郎はそれが心配である。いかにも強そうな狼斬りにしようかとも考えたが、夕陽に向かって剣を振る姿が気に入って、こちらにした。

きっかけになった剣がある。何百年も前の剣豪・塚原卜伝《つかはらぼくでん》が編み出した剣に〈笠《かさ》の下《した》〉という秘剣があったと古い書物で読んだ。ただし、詳細はいっさい不明である。

　貫吾郎は〈笠の下〉という言葉だけから横に薙《な》ぐ剣を連想した。その剣を実戦で使うにはどうしたらいいかをとことん考え抜いた。一晩中、芝の浜で剣を振りつづけ、砂にまみれて眠った日も幾日もある。愛宕山《あたごやま》に籠もり、神官から叱《しか》られもした。

　三月《みつき》ほど試行錯誤した結果、さっき仲間の一人が言った、

「沈むのだ……」

　という剣さばきを身につけたのである。

「試したいが、腕の劣ったヤツラが相手では、試し甲斐もないしな」

「見たいもんだ、高見の秘剣」

「さて、力もついたし、そろそろ行くか」

四人は首を鳴らしたり、腕を回したりしながら立ち上がった。

今日の喧嘩は、女がからんだことがきっかけだった。

沢木《さわき》某という旗本の息子に妹がいて、その妹と、貫吾郎の仲間の一人、大崎竹次郎《おおさきたけじろう》が、筆屋の店の中でいっしょになった。

その娘が、どの筆が使いやすいかと訊いてきたのだという。大崎は優しげな顔立ちで、娘たちからもよく声をかけられたりする。

そのようすを、旗本の息子の誰かが見て、

「御家人のくせに、旗本の娘と話をするとは何ごとだ」

と、文句をつけてきた。

「そうなのか。面白いな」

はじめて喧嘩のわけを聞いた貫吾郎は嬉しそうに笑った。

いつもの喧嘩とは違う。

「たまには、違うなりゆきもないとな」

貫吾郎のいつもの喧嘩は、わざと因縁をふっかけるというものである。

人けのない道で、いかにも旗本の倅《せがれ》という若者を見つけ、前をふさぐ。

「何か……」

相手は貫吾郎の体格や身のこなし、眼光などですでに気圧《けお》されている。

「いや、べつに……」

貫吾郎はますます身を寄せていく。

「道を空《あ》けてもらいたいのだが」

と、相手は下手に出る。それを待っていたかのように、

「おいおい、旗本なら旗本らしく、御家人に命令しろ。力で抑えつけろ。だから旗本なんだろ。そのかわりおれたち御家人だってだまっちゃいねえ。いちおう旗本さまの力がどんだけのものか、確かめさせてもらう。かなわなかったら、さすがに旗本さまと頭だって下げるさ」

たいがい、貫吾郎が脅《おど》すうち、

「今日はちと急ぐので」

などと、巾着《きんちゃく》を差し出してくる。

「なんでえ、その金は」

しらばくれるが、もちろんもらう。

たとえ喧嘩になっても、勝ちさえすればいい。

「どうせ、うちのめしたって、御家人の倅にやられたとは言えねえだろ」

という思いがある。

本当は金が目当てではない。それは自分でも薄々わかっているのだ。いざというときに戦う気力もないヤツラが、やがて自分たちに命令を下す役職につく、その理不尽さに腹が立つのだ。武芸がだめなら、学問でもかまわないのだ。だが、ほとんどの旗本の倅どもは学問にも精を出さず、おなごのような芸事なんぞに熱中している。

「降ってきそうだな」

「ああ、雷も鳴ってきた」

麻布十番の繁華なあたりを抜け、西のほうに行くと、右手は鳥居《とりい》坂、左は闇《くらやみ》坂へと上るその低まったあたりに池がある。

周囲は雑木林と原っぱである。

湿地で足元は悪いが、それだけに近づく者もいない。池のそばまで近づけば、昼でも森閑としている。万が一、死人が出たりしても、発見されるまでは日にちがかかるかもしれない。現に正月ごろ、池で女の腐乱死体が見つかったという話もある。

相手の連中は林の前で、すでに待っていた。

五人といっていたが、六人いる。やはり助っ人を頼んだのだろうが、貫吾郎にはどれがそうかわからない。

いずれも身なりからして旗本の子弟とわかる少年たちである。袴《はかま》の股立《ももだ》ちを取り、鉢巻に襷《たすき》がけという若者も二人いる。だが、準備はしていても、表情は強ばり、唇の色まで真っ青である。

「おうおう、きれいなおべべがぼろぼろになっちゃうぜ」

と、貫吾郎は笑いながらからかった。こんなときはひどく意地悪そうな顔になる。

「いいから、来いや」

向こうの一人が吼《ほ》えるように言った。

相手が先になって、雑木林の奥に入っていく。もう町のざわめきはまったく聞こえない。

池のところで立ち止まり、六人はゆっくり広がった。

作戦を立てているのか、どうやら正面にいる三人が貫吾郎に向かってくるつもりらしいことは、それぞれの視線から察しがついた。

貫吾郎たちは、むしろ円陣を組むように立っている。

「あんたら、ほんとにやろうってえのかい」

貫吾郎が静かに言った。もともと貫吾郎は、喧嘩の原因にまったく関わりはないのだが、なぜかいつも正面に出されてしまう。

「なんだと」

「たかが女のことでつまんねえ怪我したいのかよ」

「たかが女だと。わしの妹を……」

中の一人が唇を震わせた。

もちろん、そう思うのを承知のうえでの挑発である。

「たかが女、たかが男、たかが命に、たかが剣……」

貫吾郎は歌うように言った。たしかに、そんな虚《むな》しい気持ちがこみ上げてくる。近頃、喧嘩のときはいつもそうなのだ。

「きさま、狂ってるのか」

いちばん左手にいた相手が震える声で喚《わめ》いた。完全に貫吾郎の気魄《きはく》に呑まれてしまっている。

「そうかもな」

貫吾郎は平然と言った。

ざざざざっ。

突然、周囲の葉が激しい音を立てはじめた。

大粒の雨が降り出したのだ。雨粒は葉に当たって砕け、霧のようになって若者たちに降り注ぐ。

「雨も降ってきたし、さっそくやるか」

貫吾郎は真ん中の男を頭領格と見て、いきなり手を伸ばし拳を顔面に叩き入れた。

相手は不意をつかれ、鼻血を飛ばしながら後ろに倒れた。

たいていはこれで決着がつく。

不良少年たちとはいえ、刀を抜いて殺し合いにまでことを荒立てたくはないのだ。

だが、この日はちがった。

倒れた男が立ち上がって、いきなり刀を抜いた。

「さあ、抜け」

震えている。恐怖がその男に刀を抜かせたのだ。それでも白刃は兇々《まがまが》しく光っている。

「なんだよ、抜いたな」

貫吾郎が顔をしかめた。抜いてしまうと、金で決着をつけるのが難しくなる。いつも小心者がことを面倒にしてしまう。

「死にてえのか」

「やってやろうじゃねえか」

「斬られて泣くなよ」

貫吾郎が黙っているあいだに、仲間たちから激しい怒号が交錯する。

相手側は一人を除いて五人が抜き、こちらは貫吾郎を除いた三人も抜いた。

「おいおい、振り回すな」

そう言いながら、貫吾郎は手を上げ、相手の前をゆっくりと横に歩いた。牽制しているのだ。乱闘になると始末が悪い。味方の剣すら警戒しなければならなくなる。

相手でただ一人、刀を抜いていない男を見た。

他の仲間のようにきらびやかな格好ではない。紺の絣《かすり》の着物に紺の袴というすっきりした姿である。おとなしそうな顔をしている。色が白く、小さな目は怒りよりも思索のほうが似合う。首をかすかに傾け、静かな目で貫吾郎を見つめていた。

立ち姿に無駄な力が入っていない。足の開きや、腰の落とし具合を見ても、六人の中でいちばん腕が立つのはすぐにわかった。

「丸山《まるやま》。やってくれ」

敵の一人がその男に怒鳴《どな》った。

「やれってさ」

貫吾郎は言った。

「…………」

何か言った。小さな声で聞き取れない。

怯《おび》えているのではない。顔色一つ変わっていないし、息もあがっていない。他の連中は真っ青な顔で、たいして動いてもいないのにぜえぜえ肩で息をしている。

「なんだと。はっきり言えよ！」

貫吾郎が吼えた。

一歩、前に出てきた。やるつもりである。

それなら他のヤツラを見守らせ、この男だけを叩きのめしてから、話をつけるしかない。貫吾郎は頭の中で手順を確認した。

「ようし」

と、前に出た。

そのとき、雑木林の向こうから、

「こら、貴様ら！」

駆けて来た者たちがいた。四人の武士である。いずれも恰幅《かっぷく》がいい。その後ろからは、足軽たちも七、八人、棒を持って追いかけて来る。

「あれは御目付だ」

旗本の仲間のほうで誰かが言った。御目付は武士の犯罪や争いを裁《さば》く。

「まずいぞ」

こっちも浮き足立った。捕まれば言い逃れはできなくなる。

「逃げよう。あとが面倒だ」

貫吾郎は駆け出した。いざ、逃げ出すと、旗本の倅も御家人の倅も、いりまじって逃げた。

逃げるなら、坂道を駆け上がり、狭い路地を抜けるのがいい。そうなれば、若い者の勝ちである。

闇坂から、坂の上の一本松《いっぽんまつ》町の路地に飛び込み、何度か曲がると、突き当たりの寺の土塀を越えた。はずみで瓦が落ち、割れる音がした。

このときはもう、敵も味方もばらばらで、いっしょに逃げているのは大崎だけになった。大崎は、顔は優しげだが、足はかなり速い。

いつの間にか雨はあがったのか、それとも降ったのは坂下の低地だけだったのか、ここらは明るい陽も差してきている。高台は日差しも強く感じられる。

「御目付に追及されるかな」

墓のあいだを走りながら、大崎が切羽詰まった顔で訊いた。

「さあな。あいつら、たぶん前もって御目付に知らせておいたんだよ」

「ああ、そうか。だから、あんなに都合よく駆けつけてきたのか」

「くだらねえヤッラだぜ」

「それにしても、高見はいつも平然としてるよな」

「腹切ればいいんだろうが。こんな、糞面白くもねえ世の中、いつでもおさらばしてやるぜ」

貫吾郎は、卒塔婆をわざと蹴り倒しながら走った。

寺を一つ抜けたところで、大崎とも別れた。

「じゃあな、高見」

「おう。捕まっても知らねえぞ」

つねづねそういう打ち合わせはしている。捕まっても仲間の名は明かさない。危なくなったら自害する。

善福寺の裏手を抜けると、あとはゆっくりと歩いた。

やがて、道が下りはじめると、そこは絶江坂である。左側にゆるく曲がるうち、坂下の渋谷川も見えてくる。白金方面の町並みも広がっている。

左手の墓を覗くと、寺男が墓の掃除をしていた。見覚えのある後ろ姿である。

「ジジ殿……」

吉右衛門が振り向いた。すぐに柔らかな笑顔にかわり、

「貫吾郎ではないか」

「ひさしぶりにジジ殿とババ殿の顔を拝みに」

と貫五郎は照れながら笑った。

「怪しいもんだな。喧嘩でもしてきたんだろう」

吉右衛門は苦笑しながら言った。

「あれ、わかりますかね」

袴には泥のはね返りはあるが、とくに着崩れたりはしていないはずだ。

「貫吾郎。一晩、泊まっていけ。喧嘩も一晩寝ると、たいがいおさまるものだ」

「そうしようかな」

貫吾郎は腹一杯食ったはずなのにまた、腹が減ってきていた。

六

米沢藩江戸屋敷の用人、広田慶三郎は、額のあたりを指でおさえながら玄関を入ってきた。敷居で足先をひっかけてつまずき、珍しく舌打ちをした。いつもは感情を表に出すことはない。

そのようすを見て、倅の順之助《じゅんのすけ》が、

「父上、ご気分でも悪いのですか？」

と、声をかけた。

順之助は二十七になり、慶三郎のそばでさまざまな雑事をこなしている。近頃では、父の代理として、他藩の屋敷に使いに行き、外交ごとに近い打ち合わせもこなせるようになっている。

「うむ。いささか頭が痛い」

「風邪ですか」

「いや、不愉快なものを見て来たからだ」

広田は麻布にある中屋敷に行って、もどってきたのである。

この数日、藩主宗房が中屋敷のほうに行っており、急な相談ごとが生じたため、仕方なく往復してきたのだ。

「殿がまた、新しい側室を入れていた」

「そうでしたか」

広田は憂鬱である。側室はもう何人目になるのか、数える気にもなれない。しかも、今度の側室ときたら、酔狂で選んだとしか思えない、蓮《はす》っ葉《ぱ》で、素《す》っ頓狂《とんきょう》な町娘だった。

いま、麻布の中屋敷まで行って、その娘に挨拶《あいさつ》してきたところである。

器量などは広田の目からしたら並以下にしか見えないが、いくつか芸ができるのが取り柄だという。お手玉を五つ同時にまわしてみせたり、茶碗の水をこぼさずに、トンボを切ってみせたりする。

そのひとつが、ゲップをしながら話ができるというもので、これを広田にやってみせた。

面白くもなんともない。くだらなくて、泣きたくなってしまった。

だが、宗房はもう何度も聞いたであろうに、大笑いをしていた。

「あんな馬鹿みたいな娘でも、側室として屋敷に入れるのは、ずいぶんな金を浪費しているはずだ」

「そうでしょうね」

いま、上屋敷にいるおさんの方という側室は、両国《りょうごく》の八百屋の娘だったが、嫌がるのを無理に言いくるめるため、親兄弟はもとより、親戚一同に金をまき、その額はざっと三百両にも達したらしい。

この出費に関しては、国許の用人らに命じたため、広田はまったく知らなかった。それを聞いたときは、心底、浪人することまで考えたほどである。

そして、いままた、あの馬鹿馬鹿しい町娘である。

「わが藩はいま、それどころではないのが、いくら言ってもおわかりにならないのだ」

米沢藩は極度の財政難に陥っている。

もともと百八十万石といわれた上杉家が、関ヶ原の合戦のあと、三十万石に減らされた。それでも家臣を解き放つことはなかったのだ。

さらに、跡継問題のごたごたで十五万石に減らされた。

これだけでも、半端な倹約では藩士の暮らしが成り立たないことはわかる。

しかも、女に加えて、この前は赤穂浪士の生き残りである寺坂吉右衛門を暗殺すると言い出した。それには、宗房がひそかに手駒にしている殺し屋のような連中を使うのだ。そんな無駄な殺し屋を雇っている場合ではないのである。

そう思うと、むしろ寺坂に対する同情の念までわいてきた。

刺客は国許から呼ぶと言っていたが、まだ到着していないのではないか。

ここ桜田屋敷では見ていないし、中屋敷のほうにも、そんな連中は来ていないという。

「頼みがある」

広田は倅の順之助に小声で言った。

主君の命にそむくとまではいかないが、喜ぶことをするわけではない。うかつな者には頼めなかった。

「なにか？」

「寺坂に報せてやれ。上杉が刺客を放ちましたと。せめて、お覚悟だけはしていただこう。それが武士の情けではないかな」

広田はそう言って、苦しげな顔で遠くの空を見やった。

第二章　逆さの死体

一

墓地の墓石をかすめて、燕《つばめ》が飛んだ。白と黒だけの羽根の色が、緑の墓地の中であざやかに見えた。本堂のどこかに巣をつくっているのだが、下からは見ることができない。燕が子育てをし、その子燕が巣立っていくのを見守るのは、毎年、いまごろの楽しみであった。

おさきが墓参りに来た。夕方に来ることが多いが、今日は早い。まだ昼前である。あやめを摘んできている。渋谷川の岸に、あやめが群生しているところがあり、そこから持ってきたのだろう。

苔《こけ》むした墓の前に飾られたあやめの青は、水辺にあるときよりも鮮やかに見えた。手を合わし終えたおさきに、吉右衛門が声をかけた。

「訊きたいことがあるんだが」

「…………」

おさきは怯《おび》えた顔をした。切れ長の美しい目が、左右に落ち着かなく揺れて動いた。周りの人間が信じられなくなっている目である。

吉右衛門は顔を合わさないように、おさきとは反対のほうを向いて座り、

「おとっつぁんは、川に嵌《は》まるなんて足腰が弱っていたのかい？」

と訊いた。

「いいえ、しっかりしてました」

今度は目を墓石に据えたまま、強く首のほうを横に振った。

「酔ってでもいたのかな」

「そんなことはありません。あたしは、おとっつぁんは殺されたのだと思ってます」

おさきは吉右衛門に強い視線を向けてきた。

「殺された？　誰に？」

おさきが言おうとしている男はわかっているが、吉右衛門はしらばくれた。

「…………」

黙って下を見ている。言わないのは、言えば自分の身が危うくなるくらいは察しているのだ。

「なんかあったのかね？」

じっとうつむいたまま、答えようとしない。聞き出すのは難しそうだった。

そこに、おせんが坂を下りて来た。髪結いの帰りで、木箱を下げている。

「おや、たしか、あんたは」

「ほれ、亡くなったうどん屋さんのところの」

「ああ、おさきちゃんだね。おや、おぐしが乱れてるね。婆ちゃんが結ったげるよ。こっちへおいで」

おせんは気軽に近づいた。髪の乱れは、吉右衛門にも哀れに感じられたほどだった。髪だけではなく、着物もだらしがない。以前はすっきりと見えていた青い縦縞の着物が、今日は薄汚れて見える。洗濯を怠っているだけでなく、気持ちもゆるんでしまっているからだ。

「でも、お金が」

「そんなものはいらないよ。ほら、こっちにお座り」

吉右衛門がときおり座る切り株があり、そこにおさきを座らせた。

おさきは、しばらくは黙って髪を梳《す》いてもらっていたが、おせんの親切にほだされたのか、

「おとっつぁんが亡くなる前に、うちの隣で人が死んでいたのは知ってますか?」

と、語り出した。

「ああ、そうらしいねえ」

おせんがこたえた。

「明け方、おとっつぁんは厠《かわや》に立ちました。それからすぐ、慌《あわ》ててもどってきて、大変だ、人が逆さ吊りになってるって言ったんです。青い顔をしていて、寝ぼけてなんかいませんでした」

「寝ぼけてるなんて誰かが言ったのかい」

と、吉右衛門がおせんのわきから訊いた。

「岡っ引きの千蔵……親分です」

口が不愉快そうにゆがんだ。親分とは言いたくない気持ちがありありと出ている。

「なるほど。それで?」

「おとっつぁんはすぐに番屋のところに飛んでいきました。番屋から役人がやってきて、隣の塀を乗り越えましたが、そのときはもう、死体はぶらさがってなかったんです。ただ、庭に寝そべっていただけでした」

「不思議なこともあるもんだな」

「決まってます。誰かが急いで下ろしたんですよ。だって、あたしはおとっつぁんが番屋に報せに走ったあと、誰かが慌てて、反対のほうに逃げていく足音を聞きましたから。姿は見なかったけど、足音は一人じゃなかったと思います」

「ほう」

それは初耳だった。しかも、町内の噂で聞くのと違い、おさきから聞くと、細かいことに真実味があった。

「それからすっかり夜が明けてから、千蔵親分が来ました。のったりのったり歩いてきました。親分は、周りに集まった野次馬みんなに聞かせるみたいに、大きな声で言いました。寝ぼけてたんだろう、縄なんてどこにもねえだろうと。おとっつぁんの話は聞こうともしなかったんです」

おさきは苛々《いらいら》したように足を揺すった。

「親分はおとっつぁんにも、何か言ってたんだろ？」

「これは殺しかどうかもわからねえんだから、あんまりくだらねえことを騒ぐんじゃねえぞって。この男は、大家に確かめたら、この家の借主だったそうだと。いつ、確かめたかわからないけど、そんなことを言ってました。酔っ払って、前に住んでいたこの家に入ろうとしたけど、塀から落ちて、頭を打ち付けたんだろうですって」

「頭を打ったかい。おかしな話だが、そいつが殺されたとして、なんで逆さ吊りにするなんて、そんな手の込んだことをする必要があったのかねえ」

「それは、あたしにはわかりません。でも、その翌日、おとっつぁんは、前にここに住んでいたのは、殺された男じゃなくて、別の男だったって言い出したんです」

「その話は千蔵親分にはしたのかな」

「しましたよ。でも、たぶん、そのことでおとっつぁんは殺されたんです」

「誰に?」

「千蔵……親分は昼間、ここらをうろうろしてました。それで、おとっつぁんが夜になって出かけていったのは、たぶん千蔵親分に呼び出されたからです。だって、夜に誰か戸を叩いたりしたら、あたしもおっかさんも気がつきます。おとっつぁんは、あたしたちが目を覚まさないように、そっと出ていったんです」

「それは親分に訊いてみたのかい?」

「おれは呼び出したりしねえって。じゃあ、なんでおとっつぁんは、夜遅くにのそのそ川っ縁を歩かなくちゃならないんですか」

おさきの髪を梳いていたおせんが、そっと首をかしげるようにして、こっちを見た。おせんの言いたいことはわかった。おさきの言うことだけを鵜呑《うの》みにはできない。喜兵衛に女ができていたり、よからぬ場所に行くようになっていたりすることも、ないとは言えないのだ。吉右衛門はわかっているというように、小さくうなずいた。

そんなやりとりも知らず、おさきはぽろぽろと泣きながら、唇を嚙みしめた。

「誰も信じられない……誰も頼れる人がいない……」

だから、毎日、喜兵衛の墓に語りかけ、バチ当て様に復讐を願っているのだ。


おさきを見送ってから、墓の掃除を始めた。

寺男は仕事が多い。

墓穴を掘ることもあれば、頼まれて墓の管理をしたりもする。

いま、掃除をしている墓は、江戸在府の武家の墓だが、事情で国許にもどることになった。これからはそうたびたびは江戸に来ることができないというので、「花や線香を絶やさないように」と、墓の管理を頼まれたのである。

五年ほど前に亡くなった先代は、生前、面識もあった。

愉快な男だった。舟に乗るのが好きだったらしく、「今度、わしと沖に出よう」が口癖だった。吉右衛門はいつでも付き合う気でいたが、お互いの都合が合わず、そのうち中風の発作で急死してしまった。

いまも、土の下で、機嫌のいい冗談を言っている気がする。

もっとも好ましい男ばかりではない。この墓地の中でも、指折りの大きな墓に入っている旗本は、吉右衛門の素性を知って以来、顔を合わせるたびに、

「寺男などするな」

と忠告してきた。いやしくも元赤穂浪士、みっともないではないかというのだ。

——働くことの何がみっともないのだ。

あまりにも愚かな忠告には、答える気にもなれなかった。

広い墓地を一通り回る。

草が生えていればむしる。供えた花が枯《か》れていれば取り除く。ヘビがいたら川っ縁まで持っていって、捨ててくる。ただし、マムシだけは寺の外で殺す。おなごが家を毎日、掃《は》くように、墓地を掃除するのだ。

われながら手入れは行き届いていると思う。そして、手入れのいい墓地は、静かな庭のように居心地もよいのである。

そろそろ昼飯にしようかというころ——。

近くで寝ていたアカが、ガルルルと低く唸った。吼《ほ》えはしない。警戒しているときの唸りである。

「よしよし、吼えるなよ」

アカをたしなめた。本堂のほうからこちらに歩いて来る男がいた。

墓参りに来た者かと思ったが、違った。まっすぐ吉右衛門のほうに寄ってきた。

背は低いが、肩幅のがっちりした生真面目そうな若者である。どことなく、討ち入りの同志だった間新六《はざましんろく》と面影が似ているような気がした。

軽く会釈をして、

「寺坂吉右衛門さまですか」

と訊いてきた。鼻声のところも間新六に似ていた。

「そうだが……なにか？」

吉右衛門は少し身構えた。刀は数歩離れたところの墓石に立てかけてある。

「上杉家からふたたび刺客が放たれました」

小声で早口にそう言った。

「……………」

衝撃が走った。思いがけない言葉ではあるが、これまでのこともあり、まんざら嘘と疑うことはできない。何を言っていいかわからない。立ち尽くしていると、燕が低く飛んだ。

「申し上げることはそれだけです」

男はそう言って、踵《きびす》を返そうとした。

「そなたは？」

急いで訊いた。

「申し上げられません。あいすみません」

男は振り向いてこたえた。幕府の目付筋の者か。まさか上杉家中の者ということはないだろう。吉右衛門はすぐに、考えても無駄なことと悟った。

「つまり、覚悟せよと？」

「はい」

男は切なそうな表情でうなずいた。

「かたじけのうござった」

と、吉右衛門は頭を下げた。

――上杉がわしの口をふさぐため……。

呆然と後ろ姿を見守った。

真摯《しんし》な表情の若者で、嘘言や悪戯《いたずら》だとはとても思えなかった。

上杉家では、赤穂浪士唯一の生き残りを憎み、命を狙《ねら》ってきた。吉右衛門は長いあいだ、その刺客を迎え撃ってきたのである。

討ち入りからほぼ二十年のあいだに、五人ほどの上杉家の刺客に襲われた。このほか、三人ほど、功名心から襲撃してきた者もいた。

凄まじいほどの遣い手もいた。足元の石につまずくという僥倖《ぎょうこう》のおかげで、敵は姿勢を崩し、吉右衛門の刃が一瞬だけ早く、敵の首を断った。

あれは、強運に恵まれただけで、何もなければ間違いなく、命を落としていた。

弓を射かけられたこともある。一矢で肩の肉をえぐられた。次の矢は、持っていた卒塔婆に当たった。何も持っていなかったら、胸板を貫かれていた。

ほかの刺客も同様で、楽に勝てた相手など一人もいなかった。

それが終わったのかどうかはわからないままだった。

だが、この十五年近くは絶えていたのだ。十五年の平穏な歳月は緊張を奪う。

どこかで、

——終わったもの……。

と期待していた。

やはり、終わってなかった。生涯、戦いつづけなければならないのだ。赤穂の浪士に、安住の地など、あるわけがなかった。

あのころより格段に体力も落ちている。だが、むざむざとやられるつもりはない。それが赤穂浪士の誇りでもある。幕府の正式な命なら従容《しょうよう》と従うが、横合いからの理不尽な攻撃には、断じて屈しない。よしんば結果として屈することになっても、一太刀だけでも斬り返してやる。

そのためには、もう一度、厳しくおのれを鍛《きた》えあげなければならない。

ふつう、足軽は剣など学ばない。だが、吉右衛門は若いときに剣で身を立てることに憧《あこが》れ、ひそかに剣を学んだ。そのことが、足軽からただ一人だけ、討ち入りの一員に選ばれた理由にもなった。

加えて、討ち入りの準備が進むあいだに、堀部安兵衛《ほりべやすべえ》という名うての剣客に鍛えられた。そもそも討ち入りに加わるような者だから、浪士たちは腕に自信がある者は多かった。そのなかにあっても、寺坂吉右衛門は五本の指に入るという声すらあったほどである。

墓場の隅に行った。

空いた場所に腰かけ、吉右衛門は身体の筋の一本ずつを伸ばしていった。

首から背中、腰、指、腕、足……。

全身のありとあらゆる筋を伸ばしていく。

伸びなくなっている箇所はないか。

力瘤《こぶ》を確かめてみたりしても、肉は明らかに落ちている。無駄な肉はないが、肉そのものが減っている。だが、肉の衰えは鍛え直せば、かなり元にもどる。

固くなった筋はなかなかもどらない。

さいわい、動かなくなっているところはなかった。

二

一方で、吉右衛門は、おさきのことが気になっている。

不思議なことに、刺客に狙われていると知ると、ますますおさきのことを何とかしてあげたくなってきた。

もしかしたら、自分はまだ生に執着し、生きようとすることへの大義名分を、どこかで欲しているのか。そうは思いたくなかった。

夕方、寺男の仕事を終えると、吉右衛門は最初に見つかった死体のことを訊くため、絶江坂を下りて、渋谷川の対岸の田島町に行った。

とりあえず、うどん屋とは反対側の、殺された男がいた家の隣で話を訊くことにした。

「ごめんよ」

「おや、曹渓寺の寺男の……」

檀家の一人だからもちろん吉右衛門のことは知っている。

相手は藁《わら》細工の職人で、太助《たすけ》といった。近くで知らない者はいない。

職人だが、左手の手首から先がない。子どものとき、荷車に轢《ひ》かれるという事故で失くしたらしい。

職人としたら致命傷になるはずだが、太助は足や口を替わりに使って、両手のある者より立派なものをつくる。

そうして編んだ笠、草鞋《わらじ》、カゴなどは、女房と娘が開いている田町《たまち》の出店で売る。そこは東海道筋でもあり、かたちに一工夫がある太助の細工物はよく売れるのだった。

「このあいだ、隣で、人が死んだだろ」

「ああ」

「調べは進んでるのかね」

「調べ？　そんなもの、進むわけがねえ。あいつら、本気で下手人を捜そうなんて気はこれっぽっちもねえもの」

細工の手を止めないまま、太助は言った。あいつらとは、岡っ引きの千蔵のほか、町回り同心や番屋の町役人なども含まれているのだろう。

「死体は逆さに吊るされてたというじゃねえか」

「それは、喜兵衛さんが言ってたことだが、おいらは見てねえもの。おいらが覗いたときは、地面に倒れていて、縄なんざなかったね。だが、喜兵衛さんは嘘をつくような人じゃねえから不思議だなあとは思ってるさ」

「見覚えもあったらしいな」

「大家に訊いたところでは、殺されたのは前の店子《たなこ》だったんだそうだ」

と言って、太助はようやく手と足を動かすのを止めた。

「それは本当なんだな？」

「そこが、不思議なんだ」

「なにがだな」

「殺された男は四十がらみの小太りの男だった。だが、あっしがときどき、この家に出入りするのを見ていたのは、別の男だった気がする」

喜兵衛も同じことを言っていたのだ。

「それは千蔵たちには言ったのかい？」

「………」

太助の顔が強張った。吉右衛門に対してもうかつなことは言わないほうがいい、と気づいたような顔である。千蔵の睨《にら》みは町の連中に相当、利《き》いているらしい。

「大丈夫だ。あんたに聞いたことは全部、内緒だ。ありがとよ」

外に出て、ふと川向こうを見ると、白い着物に白い袴をはいた、棒のように背の高い男が風に流されるように歩いている。釜無天神の神主・菅原大道である。

「おおい、菅原」

「よう。いま、おまえのところに行こうとしてたのさ」

「わしはこっちに用がある」

「じゃあ、そっちに行くさ」

また、ぐるりと回らなければならない。後に、四之橋と三之橋のあいだに古川橋ができるが、この頃はない。

不便なので、ときおり近くの住人が丸木橋のようなものを架けたりするが、増水するとすぐに流されてしまった。

「何か用だったか？」

やってきた菅原に、吉右衛門が訊いた。

「なあに、このあいだのうどん屋のことが気になってな。事件があったところを教えてもらおうと思ったのよ」

「物好きだな」

「物好きだ」

菅原は素直に認めた。

「なあに、そういうわしも物好きで、いまもこうして訊き回っている」

「わしは神主の職は誰かにゆずって、岡っ引きにでもなればよかったかな。そうしたら、ここらもいまごろは、千蔵とやらにのさばらせなかったかもな」

「ああいうヤツは、いつの時代ものさばるものさ。岡っ引きになんぞなっていたら、いまごろは千蔵に消されていたかもしれぬ」

「まあ、そんなことはいいとして」

「そりゃそうだな」

吉右衛門も苦笑する。

「わしは、うどん屋の厠から、隣を見てみたいのだ」

と、菅原が言った。

「なるほど」

吉右衛門は、そんなことは思いもよらなかった。たしかに喜兵衛の目に吊り下がった死体がどう見えたのかは、確かめる必要がある。

二人は連れ立って、うどん屋ののれんをわけた。正面に飾った神棚のろうそくが倒れ、注連縄《しめなわ》が曲がっているのが見えた。喜兵衛が生きているころにはありえない光景だった。

「おさきちゃん」

「あ」

店に客はおらず、板場のわきにぼんやり腰を下ろしていたおさきが、生気のない顔を上げた。この前と同じ青い縦縞の着物が、ますます着崩れた感じになっている。

「ちっと、おとっつぁんが死体を見たという厠を見せてもらえるかい」

「はい」

店から中に入った。

家といっても、住まいは奥に四畳半と三畳間があるだけである。おさきもあとからついてきた。母親は三畳間のほうで手枕で横になっていた。物音に何の反応もなく、眠っているのかもしれなかった。

厠はいちばん突き当たりだった。

「どうだ、見えるか?」

先に入った吉右衛門を押しのけるように、菅原が覗き込んだ。

「塀が邪魔して軒先だけだな」

「どれどれ、あ、あの木か」

松の木の上のほうが見えた。

「あそこにぶらさげられたのか。それで顔が見えたんだから、ずいぶん高く上げたわけだな」

と、菅原が言った。いいところを突く。

「ほんとだ。何のために、そこまで高く上げたのだろう？」

「その理由が知られるとまずいので、慌てて死体を下ろし、綱も隠したのかもしれぬな」

「そうか」

吉右衛門は感心した。岡っ引きといわず、定町回りの同心にでもさせたいくらいである。

「よし、吉右。次は前からだ」

厠から出て、今度はうどん屋の前から隣を覗いた。一間には足りないくらいの板塀に囲まれ、門には貸家札が斜めに貼られてある。塀をよじのぼって落ちたというのも、酔っ払ったりしていればありえないことではない。

「古い家だな、おさきちゃん」

吉右衛門が、まだついてきているおさきに訊いた。父親の死の謎に目を向けてもらえるのは嬉しいにちがいない。なにせ、本来やるべき同心や岡っ引きが、まったくそ知らぬ顔だというのだから。

「はい。いまは貸家ですけど、もとは家主のお祖父《じい》さんが使っていた隠居家でした」

「こうも古びていると、借り手もないだろう」

菅原はそう言って、隣の戸を軽く叩くと、すーっと開いた。釘でも打ち付けてあるかと思ったら、出入り勝手なのだ。これでは塀を乗り越えるなんてことはありえないし、まるで、どうぞ中まで調べてくれというようではないか。

三

「これだ、この木だ」

隣の庭に入ると、菅原はすぐに松の木に近づき、赤っぽい木肌を撫《な》ぜた。

かなり樹齢がいっていて、平屋の屋根のはるか上まで伸びている。枝がいくつも横に張り出していて、そのうちの一本にたしかに綱でこすれたような痕《あと》があった。地面には落ちた表皮も残っていた。

「おかしいな」

「なにがだ、菅原？」

「こっちの枝のほうが、かけやすかっただろうに」

死体を吊り下げたと思《おぼ》しい枝とは反対側の、もう少し低いところに堂々とした枝が張っている。ちょうど枝が水平になっていて、綱をかけるのにいかにも都合がいい。

「たしかにそうだな」

「それでも上の枝にかけたというのは、あっちにしなけりゃならない必然があったことになる」

「また、わけのわからぬことを」

とは言ったが、よく見れば、本当にかけにくいほうにかけた痕がある。ちゃんと道理を見究めている。

「逆さ吊りかぁ」

菅原が唸った。

「首を吊ったのを、喜兵衛が動揺して逆さ吊りと勘違いしたってことは？」

と、吉右衛門が菅原に訊いた。

「そんなことはなかろう。だいいち、首を吊ったなら痕はつくし、首ものびちまうから、たとえ下ろしたとしても、一目でわかるもの」

死体を見ている喜兵衛も太助も、そんなことは言っていない。

菅原は腕組みして考えこんだ。

「もずじゃあるまいし、速贄《はやにえ》ってこともねえだろうし……」

ぶつぶつ言っていたが、

「あ」

菅原の顔が輝いた。

「どうした？」

「死体を木に吊るして高く上げたのは、その死体の面《つら》を誰かに見せたかったからではないか」

「そりゃあ、面白い」

吉右衛門はぱんと手を打った。

まったく菅原という男は、人が思いもつかないことを思いついたりする。それを褒《ほ》めたりすると、「たまには学識が役に立つこともある」などというが、吉右衛門には、変わり者だからとしか思えない。

「だろう」

菅原は鼻の穴を膨らました。

「だが、待てよ。それなら逆さ吊りではなく、ふつうに首を吊って引き上げたほうがよくねえかい。そのほうが高く上げられるし」

吉右衛門は異議をとなえた。

「そうか。いや、いや、そうじゃねえ。首に縄をかけた遺体を、上に引っ張り上げると考えてみなよ。気味が悪くないいか」

「そりゃあいい気持ちはしないだろうな」

もし、首をかけて引き上げ、足の届くあたりに台でも置いていたら、まんまとごまかされてしまっただろう。

たとえ喜兵衛に目撃されたとしても、下ろそうとしていたということですんだかもしれない。

だが、下手人たちは、喜兵衛の気配に気づき、急いで死骸を地面に投げ出し、綱もほどいて逃げてしまった。だから、怪しまれるもとになった。

「おい、菅原」

「なんだ」

「やはり、こういうことは頭だけで考えると、まちがうことがある」

「それはそうだ」

「ぶらさがってみようじゃないか」

吉右衛門がそう言うと、菅原は笑った。

「そりゃ面白いが、誰がやる？」

「ジャンケンで決める」

二人が子どものように手を出し合った。

吉右衛門が負けた。

うどん屋から縄を借りて、それまでは戸の外で見守っていたおさきにも手伝わせ、吉右衛門を引っ張りあげる。たとえ年寄りでも、人ひとりを引っ張りあげるのは容易ではない。吉右衛門も自分で幹を摑み、自分を押しあげるようにして、二人に協力した。

「こりゃあ、怖いな。死人でもなければぶら下がる気にはなれん」

吉右衛門は逆さになったまま軽口を叩いた。

「ここらだ。厠の窓が見えている」

と、吉右衛門が引っ張るのを止めさせた。

下にいる菅原が手を伸ばすと、逆さになった吉右衛門の顔に触れることができる。顔の位置は地上から二尺くらいのところだろうか。そうして吉右衛門の顔をひねりながら、

「喜兵衛が顔面を見たということは、こっちを向いていたことになるな」

と、北のほうを向けた。

「痛た……おい、ゆっくりやれ」

綱が足首に食いこんでひどく痛い。

「あ、菅原、そこの枝が払ってあるな」

吉右衛門は正面に見えるけやきの木を指さした。枝が二本ほどばっさり伐られている。

「なるほど。そうやって、面がよく見えるようにしたにちがいない」

「これはおぬしの考えに間違いないな」

「吉右、何が見えるのだ？」

「こっちだと、曹渓寺からは斜めの顔になるが、東福寺がまっすぐ向こうに見える。だが、東福寺は屋根しか見えぬぞ」

「東福寺だけか？」

「いや、東福寺の上の高台にある町はよく見える。あそこらは本村町《ほんむら》だな……」

わざわざ顔を見せようとしたなら、相手はここまで確かめに下りて来れない者なのか。

たとえば、相手が大名だったりしたら、のこのこんなところにはやって来れないかもしれない。

たしかにこの上には、常陸土浦藩《ひたちつちうら》の下屋敷がある。だが、屋敷の建物はもっと西のほうにあって、樹木にさえぎられ、見通しがきかない。

「やっぱり本村町あたりが怪しいな」

と、吉右衛門は少し揺れながら言った。頭に血がのぼってきている。

「そうか」

「おい、もう駄目だ。下ろしてくれ」

菅原とおさきが、急いで吉右衛門を下に下ろした。

「中風の発作がきそうだ」

「おい、大丈夫か」

菅原とおさきは慌てて、綱をゆるめた。あやうく頭を地面に打ちつけそうになる。

吉右衛門はふらふらしながら立ち上がり、

「だが、これだけ離れていると、面を確かめるのは難しいのではないかな」

と疑問を口にした。

「いや、それは遠眼鏡を使えばいい」

菅原はまた、とんでもないものを持ち出した。

「遠眼鏡というと、あの筒状になったものか」

「わしの知り合いも持っていて、見せてもらったが、一町や二町の距離なら顔の見分けもつくぞ」

「そうなのか。なるほど、そういう手もあるか」

吉宗の学問好きの影響で、南蛮製の遠眼鏡もずいぶん入ってきている。そのことは、世情には疎《うと》くなってきている吉右衛門も聞いたことがあった。


「ここらがさっき、見えていたところだ」

吉右衛門はまわりを眺めながら菅原に言った。絶江坂を上って、本村町までやってきたのだ。いつも上ったり下りたりしている坂だが、ここまでくることは滅多にない。

「ここがか。下から見るより立派な店が多いな」

道を歩いているぶんには、田島町のうどん屋は見えない。どこかの家に入りこみ、裏の窓からでも見下ろさないと無理である。

「わしは、ここらは来たことがないな」

と菅原があたりを見回しながら言った。

「そりゃあ、そうだろう。下のほうの連中は、ここらまでは上がってこない」

「上と下は仲が悪いか？」

「悪いな」

坂の多い江戸では、しばしばある対立である。

坂上と坂下では、なぜか上のほうに豊かな連中が住む。そのうちに、上と下とで対立が生まれていく。交流はほとんどなくなる。

この通りは、絶江坂にもつづくが、もう一本、御薬園《おやくえん》坂という坂にも通じる。どっちの坂を上りきっても、高台にあるこの町に出る。

このへんは一目で裕福とわかる商家が並んでいる。

そもそも、麻布界隈の町人地は、全般に貧しいのである。東海道筋のように、御用金を拠出するような商家も少なかった。

そうした中、高台のいわゆる古町と呼ばれるところの大店は、大身の旗本や大名屋敷を相手に大きな商売をしていた。

この高台の北には、伊達藩六十二万石の広大な下屋敷がある。

御薬園坂の西にあるのが、常陸土浦藩九万五千石の下屋敷である。

ほかにも陸奥八戸《むつはちのへ》、陸奥盛岡《もりおか》、出羽新庄《でわしんじょう》、豊後日出《ぶんごひじ》などの藩の下屋敷が点在する。高家の織田《おだ》家の屋敷もあれば、西の天現寺《てんげんじ》界隈には大身の旗本も大勢いる。大口のお得意様には事欠かないのだ。

「このあたりでは……」

吉右衛門の足が止まった。

「菅原、たぶんあそこからいちばんよく見えていたのは、この三軒の店だ」

「ここか……」

ちょうど同じくらい大きな店が三軒、並んでいる。

下駄と履物の三沢屋《みさわ》。

化粧品と小間物を売る紅花堂《べにばなどう》。

呉服の大坂屋《おおさか》。

いずれも、間口は五間ほど。大きな看板が頭上にあり、藍染《あいぞめ》ののれんが店先を覆っている。ちらっと見ただけでも、並んでいるのは贅沢《ぜいたく》な品ばかりで、吉右衛門などには敷居が高くてとても足を踏み入れることはできない。

「そういえば、おせんに聞いたことがある」

と、吉右衛門は道の反対側に立ち、横目で三軒の店を見ながら言った。

「何をだ？」

「この三つの老舗《しにせ》は、互いに姻戚関係にあるので、お互い協力し合って、店を繁盛させてきたのだそうだ」

おせんはこんな大店にまで直接、出入りはしていないが、それでも噂くらいは聞きつけてくる。

「ほう。それは凄《すご》い。たいがいは、身内同士で仲たがいが起き、顔を見るのも嫌だというふうになるんだがな」

菅原は意地悪そうに三軒の店を眺めた。

「では、お前さん。行ってきますね」

声がして、紅花堂から若いおかみさんが出てきたところだった。歳は二十歳をいくつか出たくらいか。人形のように白く、愛くるしい顔立ちである。

小女《こおんな》を一人したがえ、どこかに参詣にでも行くらしい。

こういうところのおかみさんやお嬢さんは、遊びがてらに参詣に行く。必死で祈らなければならないことがないのだ。

「ああ、行っといで」

顔を出した若旦那も、役者顔負けの美男である。

絵に描いたような美男美女で、皺《しわ》だらけのジジイ二人は、思わずうつむいたまま、店の前を通り過ぎた。

四

その日は午後から広尾ヶ原に行き、薬草摘みをしてきた。

採った薬草は陰干しにして、あとで切り刻む。自分で煎《せん》じて飲む分もあるが、菅原にもわけてやる。

菅原は書物を読んだりするのは得手だが、陰干ししたり、刻んだりといった手間のかかることは好きではない。かわりにやってあげるのだ。

荏原《えばら》郡のほうまで入ってしまったので、もどりは夕方になった。

いったん渋谷川の川原に降り、川沿いに水辺の薬草を探しながら下ってきたときである。

葦《あし》の草むらから現われて、前に立ちはだかった白髪の男が、突然、刀を抜き放ち、

「寺坂吉右衛門殿だな」

としゃがれ声で叫んだ。夕陽をまっすぐに浴び、顔や白髪が赤く染まっている。鬼に見えなくもないが、必死の形相《ぎょうそう》に何か滑稽《こっけい》な感じも混じっている。

吉右衛門は、相手の気の昂ぶりを外すように、いくぶんの間を置いて、

「……そなたは？」

と訊いた。むろん、背負っていた竹かごはわきに放り、刀に手をかけている。

「渡辺《わたなべ》一刀流、渡辺次郎助《じろすけ》」

と名乗った。聞いたことがない。名からすると、流派の祖であるのか。

「上杉家の者か」

吉右衛門は相手の足の動きを見ながら訊いた。

「上杉？」

一瞬、わけがわからないという顔になった。

「そんなものは関係ない」

すり足で駆け寄り、ためらいも見せずに、いきなり斜めから斬ってきた。

軽く刀を合わせながら、のけぞってよけたが、額のすぐ近くを刃がかすめた。意外に切っ先が伸びてくる。危ういところだった。左に走り、第二波の攻撃を避けた。

「なぜだ」

駆けながら吉右衛門は怒鳴った。上杉の刺客でもなければ、ほかになんの理由があるのだ。

「なぜだと。わかりきっておろうが」

渡辺と名乗った男は、ゆっくり迫ってくる。吉右衛門は間合に気をつけながら、青眼に構えて出方をうかがった。

「わかるか」

「高名な赤穂浪士を斬れば、わしの剣名が上がるわ」

「なんと」

本当にそうなのか。もはや七十三にもなったジジイを斬っても、赤穂浪士を斬ったと評判になるのか。自分ならそんな行為は恥じるし、世間もあざ笑うのではないか。

狙われた吉右衛門ですら信じられない話だった。

以前も、こうした手合いが三人ほど出現した。だが、それはまだ、討ち入りから数年しか経っていないときだった。

「てやあ」

もう一度、斬ってくる。突いてくるかに見せかけ、踏み込んできて、撥《は》ね上げるように吉右衛門の腕を狙った。これを体を引いてかわす。逆に吉右衛門が打って出ようとすると、相手はすばやく数歩、後ずさりした。猪突猛進の剣ではない。

「そなた、いくつだ」

吉右衛門は怒鳴るように訊いた。

「そんなことはどうでもよい」

相手もかなり年老いている。吉右衛門ほどではないだろうが、六十はゆうに超えているだろう。もうすでに肩で大きく息をしている。

もはや剣客とも名乗れぬ老人が、自慢することが欲しくて、攻撃をしかけてきたと思うと、哀れですらある。だが、同情している場合ではない。

意外に伸びる切っ先だけ気をつければ、相手はさほどの腕ではない。

剣を振るったあとに、重心がぶれ、身体も流れる。

ところが、そこにつけこめないのである。

他人の立ち合いを眺めているような、もどかしい感じがあった。それは、相手の腕のせいでなく、自分の腕が衰えたせいだとわかった。

「やっ」

と、吉右衛門は小さく突いて出た。これだと、剣を振るときのようなもたつく感覚はない。迷わず、腕が伸びる。

「やっ、やっ、やっ」

つづけざまに繰り出す。これが幾度か、相手の腕に当たり、血を流しはじめた。

「ううぅっ」

渡辺とやらは呻《うめ》いた。流れる血に気づいたのだ。血が流れるのを見てしまうと、実際よりもさらに、身体の力を失っていくように思うらしい。

渡辺は焦《あせ》りはじめていた。踏みこんでこようとするのを、吉右衛門の小さな動きが封じている。

――逃げてくれるといい。

渡辺には迷う気持ちが出てきているのだ。こっちの老いを期待したのだろうが、見くびられるほどには腕は落ちていないということだ。

――こんなとき、何と言えばよい？

吉右衛門は急いで考えている。こういうときは何と声をかければ、相手の気持ちが静まり、無駄な争いを回避することができるのか。

だが、渡辺はふいに、迷いをふりほどくように、

「おぉりゃあ」

大声をあげて、剣を叩きつけてきた。

これをかわすつもりが、後ろに下がりきれず、転ぶようにひっくり返る。幸い、振った剣は、渡辺が繰り出してきた腕に当たった。右腕の手首のあたりである。

腕を落とすほどではない。だが、剣を握ることはできない。渡辺は左手一本で剣を持っ

たまま、動かない指を見た。

そのあいだ、吉右衛門は何度かごろごろと横に転がり、立ち上がった。

「まだ、やるか」

吉右衛門は怒鳴った。優位に立って、威勢がついた。

「くそぉ」

渡辺は泣くような声をあげながら、渋谷川の上流へ逃げていった。命は助かるだろうが、剣客としての命は、これで終わったはずである。

見送ると、気が抜けた。突然、胸が苦しくなった。

「あっ、あっ、あっ」

息をするのがやっとである。しばらくは、地面にへたりこみ、吐き気を我慢した。

——そうだ、相撃ちだと言えばよかったのだ。

ふいにそう思った。そう言えば、相手も自尊心を満足させ、逃げたことにはならないとおのれに言い聞かせることができる。

そんな言葉をいまごろ思いついた。

苦笑が洩れた。

——何もかも、昔とは違う。

渡辺が期待したほどではないにせよ、自分が思っていたより、はるかに技も身体も鈍《なま》っている。頭の働きも落ちている。こっちのほうが深刻かもしれない。

　これらを一から鍛えなおしていくのは容易ではない。


　疲れ果てて家にもどると、盥《たらい》に水を入れ、手拭いで全身をていねいに拭いた。ふんどしも外し、股まで水で洗った。盥の水を替え、もう一度、頭からつま先まで垢《あか》をこそげ落とすように拭いていく。二度目の水も黒く汚れた。

　吉右衛門は湯屋にはいかない。

　湯が嫌いなのでもないし、湯屋が遠いわけでもない。湯断ちをしたのだ。

　討ち入りの仲間が皆、亡くなったあと、自分だけが生きて、さまざまな心地よいことをするのは申し訳なく、大好きなものを断とうと決意した。

　好きなものはなにか。

　食べ物では好きなものはたくさんあり、一つくらい断ってもどうということはなさそうだった。

　酒もまた、付き合いでは飲むが、それほど好きではない。断ってもさほど困らないと思えた。

思い当たったのが湯だった。

湯は大好きで、とくに熱い湯に全身をひたすときの快感ときたら、まさに極楽だった。何物にも替えがたい楽しみでもあった。

その湯を断つことにした。そうしないと、ときおり激しくこみ上げてくる申し訳ないという気持ちでいたたまれなくなった。

以来、三十数年、一度も湯を浴びていない。

ところが、これは湯に限らないのかもしれないが、断つとますます湯の愉楽が心に甦《よみがえ》ってくるのである。まるで麻薬に犯されでもしたように、湯の誘惑が襲ってくるのである。

水で身体を拭くときはもちろん、汗をかいたときや、寒さに震えるときなど、湯船に浸かる心地よさが、飢えよりも激しく心を揺さぶるのだ。

いつしか吉右衛門は、湯の夢を見るようになった。それは山奥の湯宿で、大石内蔵助や他の浪士たちと、大きな湯に浸かっている夢だった。湯の色は空のように青く、湯加減はいつもぬるめだった。

ただ、この夢を見るときに限って、吉右衛門は失禁した。気がつくと、懐かしさや喜びの気持ちは急速に冷え、老いの情けなさに打ちひしがれるのだった。

五

高見貫吾郎は浜松町《はままつちょう》の通りをぶらぶらと歩いていた。

いい天気である。

この道は、東海道の道筋でもあり、旅人の姿も多い。貫吾郎はその旅人たちの軽やかな足取りや旅姿を眺めるのが好きだった。

ちょうど旅回りの芝居の一座らしい連中が、荷車を引きながら品川のほうに向かっている。「花川《はなかわ》つばめ一座」という幟《のぼり》を立てている。聞いたことはないが、一座の面々の顔つきを見ると、陽気そうな人たちで、さぞ愉快な芝居をしてくれるのだろう。貫吾郎はそのあとをつけるようにしばらく歩いた。

貫吾郎は旅に憧れている。

どんなに愉快で、気も清々するだろう。

行きたいところは山ほどある。

昔の剣豪は、武者修行のため諸国を漫遊したという。足の向くまま、気の向くまま。何にも縛られない、そんな大きな生き方に憧れる。

だが、父や母にそんなことを言おうものなら、

「地に足をつけろ」

だの、

「地道がいちばんだ」

などと言うだろう。

剣には励んできた。いまも厳しい稽古をつづけている。

だが、強くなることが最終の目的ではない。

強くなってもっと大きなことがしたい。大きなことをするための道具の一つとして、剣を学んできたのだ。

例の喧嘩の追及はなかった。御目付からも旗本からも何も言ってきていない。騒ぎをこじらせるつもりはないのだ。

多少、やりすぎたかもしれない。最近、喧嘩が多いことは反省もしている。偉そうな旗本を見ると、つい因縁をつけたくなってしまうのは、こちらの心が狭いからでもある。

本屋があった。足を止め、並んでいる本をざっと見た。

このところ、本を読むのも好きになっている。先日は『経済録《けいざいろく》』という書物を読んだ。

これを読むと、武士よりも商人のほうが面白そうに思えてくる。

だが、そんなことを言えば、親はもとより友人たちからも相手にされなくなるかもしれない。そこまでの勇気はない。

ほかに『武道初心集』というのも読んだ。これは武芸の書ではなく、処世術のような本で、途中で放り投げてしまった。

奥に行こうとすると、前にいた男がいきなり、ぎょっとしたように足を止めた。

「ん？」

見ると、この前の喧嘩のとき、敵方にいた男である。斬り合いになるかと思われた相手だった。

「よう」

先に貫吾郎が声をかけた。

「あ、やあ」

相手は照れ臭そうな顔をした。色が白く、小さな目は理知の光を帯びている。

腕は立ったが、こうして見ると、あのときよりさらに表情に気弱そうな性格が窺える。頰のあたりが、緊張のせいか何度かぴくぴくと動いた。

「もう、やめだ」

貫吾郎は言った。喧嘩はやらぬという意味である。

「わしも、やらぬ。あのときは従兄弟《いとこ》に金で雇われたようなものだ」

憮然とした調子でそう言った。

「そうなのか」

「あんな連中とつるんでいても、たいしたことはできぬ」

「たいしたこと？」

「でっかいことさ」

と言って、空を仰いだ。強い陽差しが落ちてきている。

「ほう」

気が合いそうである。

ただ、貫吾郎は漠然と大きな人生を思い描いているが、では、どんな大きなことをやるのだと訊かれると、答えられない。

「おれもさっき、大きな生き方をしたいと思いながら通りを歩いていた」

と貫吾郎が言った。

「どうだ、いっしょにそばでも食うか」

相手は貫吾郎を誘った。

「金がない」

貫吾郎は、金なんかあると、大きな生き方には邪魔だと言わんばかりの気概をこめた。

「このあいだ、あいつらからもらった金がある。おごるさ」

街道筋でそば屋はいくらでもある。すぐ近くの茶店のようなそば屋に入った。あらたまるような店ではなく、貫吾郎のような懐《ふところ》が寂しい若者も入れそうな店である。

「高見貫吾郎だ」

貫吾郎が先に名乗った。おごってもらうのだから当然だろう。

「丸山孫太郎《まごたろう》だ。住まいは将監橋《しょうげん》の近くだ」

将監橋は、麻布十番から渋谷川を下ったところにある。もっともそこらでは、金杉川と呼ばれている。

もりそばを二枚ずつ頼み、二人とも最初の一杯は顔を上げる暇もなく食べ終えた。

「そういえば、あのときおぬし、小声で何か言っていたな。何と言ったのだ」

貫吾郎が先日の喧嘩のときを思い出して訊いた。はっきり言えと、怒鳴ったような覚えもある。

「ああ、あれか。手裏剣を持ってくればよかったと言ったのさ」

「手裏剣？　飛び道具が好きか？」

「好きというより、当然、使うべき武器だろうが。最初に離れたままで、敵にいくらかでも損傷を与える。そうすれば、断然、有利になる」

「そら、そうだ」

卑怯《ひきょう》なんてことは言わない。戦うなら、そうした攻撃まで、当然、頭に入れておかなければならない。

「おぬしができるのはすぐにわかった。だったら、手裏剣が欲しいところだ。あれから、つねに持ち歩くようにした」

「どれ」

「これだ」

革袋に、八方手裏剣が三つほど入っていた。これは命中率が高い。これだけで殺すことはできないが、手足に刺さっただけでも、大きな損傷をうける。

「おぬしとはやらなくてよかった」

と、貫吾郎が笑うと、

「それはこっちの台詞《せりふ》だ」

丸山は大真面目な顔で言った。

六

寺坂吉右衛門が菅原大道といっしょに、麻布十番あたりに姿を見せた。

とうに日は暮れた。月は雲間に隠れたのか見えていないが、中天の空はよく晴れて、星が煌々《こうこう》と瞬《またた》いている。大きな空の下の、坂に囲まれた小さな町である。

通りには提灯の明かりが並んでいる。陽気がいいせいか人通りも多い。

麻布十番と言い慣わしているが、とくに十番町というのがあるわけではない。

町名でいえば、麻布新網町、飯倉片町《かたまち》、麻布永坂《ながさか》町といったあたりである。

面白そうな店も多い。

ちょっと裏手には、獣の肉を食わせる百獣屋もある。怪しげな巻物ばかりを売る本屋もあれば、憑《つ》いている悪霊の正体を教えるという比丘尼《びくに》の店もある。

「あれだ、あの店だ」

菅原が指差したのは、永坂町の通りに面した店である。

さほど高そうではない。

入り口に飾られた提灯には、〈よしの屋〉とある。

腰高障子が開けられているので、中はよく見える。

縁台がコの字型に置かれ、すでに六、七人ほどの客もいる。

「そなた、顔を覚えられているか」

「いや、大丈夫だろう」

「本当に入るのか」

気後れしてきた。いまさら死んだ絶円が言わないでおいたことを、探っても仕方がないような気もしてくる。

「入るさ」

菅原が先に入り、吉右衛門が後についた。

縁台に座ると、酒の値段が壁に貼ってある。

酒一合八文とある。

下等なほうの酒である。上酒なら、一合十二文ほどは取られる。

「安いな」

「ああ。よかった。上酒だったら、一合でやめようと思っていた」

先に若い娘が目についた。十七、八か。大人びた髪型をしているが、頬のあたりにあどけなさが残っている。この娘に酒を二本頼んだ。

奥のほうに銅でできたお燗《かん》をする箱がある。

これにちろりと呼ばれる銅の器を入れて燗をつける。

なかなかうまい。上酒の値をつけても、文句を言うヤツはいないのではないか。

肴《さかな》は田楽だけである。これも一皿四文と安い。

少しして、おかみが出てきた。若い娘と顔が似ている。母娘なのだろう。

葬儀のときも思ったが、やはり美人である。少し下がった眉に優しさが漂う。薄く白粉をはたいてはいるのだろうが、色は黒い。だが、目鼻立ちがくっきりしているので、くすんだ感じはしない。

鉄漿《おはぐろ》はしておらず、武家の出か、町人なのか、よくわからない。

吉右衛門と目が合った。

「あら」

と、おかみが笑みを見せた。

思わぬ笑顔に、吉右衛門は慌《あわ》てた。

「曹渓寺の寺男をなさっている寺坂様」

「なぜ、知っているのだ」

「だって、絶円様から聞いてましたもの」

さらりと言った。隠しごとをしようという気配はない。

「絶円から」

「こちらは、釜無天神の神主様でしょ」

首を曲げて、菅原を見た。

「絶円は、わしのこともか」

「ええ。よく、お話しなさってましたよ」

なぜ、吉右衛門たちには、ここに来ていることを黙っていたのだろう。

「かえでと申します」

「あ、はあ」

「これからはお引き立てくださいまし」

そこへ、七、八人連れの客がどやどやと入ってきた。おかみはそちらの注文と、酒のしたくで、とても吉右衛門たちの相手どころではなくなった。

そんなおかみの働きぶりを見ながら、

「いくつくらいだと思う?」

と、菅原が小声で訊いた。

「四十はいってまい」

「わしもそう思う。三十七と見た」

「いいとこだな」

娘のほうはおかみを「おっかさん」と呼び、おかみは「ちかちゃん」と呼んでいる。どんな字なのかはわからない。二人とも動きがきびきびしている。

板場には誰もいない。すべてこの母娘でやっているのだ。何か騒ぎがあったりすると面倒なはずだが、この数軒先には番屋があった。いざとなれば、町役人あたりも飛んできてくれるのだ。

同じ母娘でも、喜兵衛うどんの母娘とは、ずいぶん違っている。とりあえず、こっちは恵まれているように見える。

「いい店だな」

菅原は目を細めた。いい気分になっている。

「そうだな」

吉右衛門もうなずいた。どこか一息つける雰囲気がある。とくに変わったつくりでもないので、おかみと娘の人柄かもしれない。

「これからは時々来ることにしよう」

「わしも小遣いがあるときは付き合おう」

「今日はもう一本いこうかな」

菅原が迷いはじめたとき、若者の二人づれが、のれんをわけて入って来た。かたわれはなんと、孫の貫吾郎ではないか。ためらいもなく入ってきたようすを見ると、十七でしっかり酒の味も覚えているらしい。

座るところを捜すうち、ようやく吉右衛門と目が合った。

「あっ、ジジ殿」

「うむ」

吉右衛門は黙ってうなずいたきりである。

「また、来るよ」

と、貫吾郎はおかみに言った。さすがに気まずい顔をしている。

「よいではないか」

吉右衛門が声をかけた。

「いや、やっぱり」

と、貫吾郎は困った顔をした。

それはそうか、と吉右衛門も思い、苦笑した。

「息子さん？」

と、おかみのかえでが貫吾郎たちを見送ってから訊いた。

「馬鹿な。わしにそんな元気はない。孫だよ」

「そうですか。あの暴れん坊の坊ちゃんが、寺坂様のお孫さん」

「暴れん坊かね」

「あら」

つい、うっかり言ってしまったらしい。

あれの母親が心配するのも無理はないかもしれない。

それにいっしょにいた若者も気になる。吉右衛門は一目で、何となくおかしな若者だと思ったのだ。

「変な目つきの男がいっしょだったな」

と、菅原が言った。菅原は、貫吾郎には何度か会ったことがある。

「お前もそう思ったか」

おとなしそうで、賢そうにも見えるが、暗さがあった。鬱屈《うっくつ》したものを感じた。他の客を眺めていたときの目つきも嫌な色があった。町の不良たちも同じような不機嫌な目つきはしているが、あの若者には怒りよりももっと冷たいものがあった。

「孫に付き合うのはやめたほうがいいと言ってやれ」

「わしが教えてどうする。自分で感じなければ何も学べぬさ」

「そりゃあそうだな」

菅原もたぶんどこかで、人間というものの厄介《やっかい》さが身にしみたのだ。そうなると、行きあたりばったりの説教の効力など信じられなくなる。

「ところで、菅原、わしらは今日、うどん屋の事件について、相談するのではなかったか」

「まあ、いい。明日だ。明日やろう」

菅原はそう言って、結局、酒をもう一本、追加した。

七

「どう考えても、怪しいのは岡っ引きの千蔵だろうな」

と、菅原が言った。こめかみに梅干を貼り、手拭いで巻きつけている。昨夜、飲みすぎて頭が痛いのだ。案の定、あのあとは、一本どころではなく、一升近く飲んでしまったはずである。

吉右衛門のほうは一合しか飲んでいないので、まったく何ともない。ここ釜無天神への坂道も、息も切らさず上ってきた。

アカは連れてきていない。珍しくどこか見えないところに潜り込んだのか、声をかけても姿を現わさなかった。

「千蔵が怪しいのはわかる。だが、千蔵が一人でできることか」

吉右衛門は、煎じたお茶を菅原に注いでやりながら言った。ドクダミや柿の葉っぱを刻んだ手製の煎じ薬である。どうせ二日酔いだろうと、調合してきたのである。

「というと？」

「ヤツは悪党だが、所詮は岡っ引きだ。殺しがからみ、それをろくろく調べもせずにすませたり、隠蔽《いんぺい》したりできるということは……」

「同心もついているか」

「そら、そうだ」

「定町回りの名は何と言ったっけ？」

「深江権之助《ふかえごんのすけ》だ」

目のぎょろりとした大きな男である。

岡っ引きの千蔵に十手を与えている。金に小汚いと評判の男で、こいつがつるんでいたとしても、不思議でもなんでもない。

「だから、あいつらが町回りをするとき、陰に隠れて、じっくり眺めてやろう。どんな性質《たち》のヤツか必ず見えてくるものがあるはずだ」

「わかった。そのときは付き合う」

「では、行こうか」

と、吉右衛門は言った。

「え？」

「付き合うと言っただろうよ」

「今日か」

菅原はうんざりした顔をした。

「さっき番屋で確かめて来た。今日の昼には回ってくるそうだ」

「まいったなあ」

と言いつつ、菅原はしぶしぶ立ち上がった。

「まず、湯屋で汗を流すか？　わしは外で待っているぞ」

「いいよ。自業自得だからな」

菅原は眉をしかめてついて来るが、頭が痛いだけで、身体のほうはどうということはないらしい。しっかりした足取りで坂道を下りた。

吉右衛門と菅原が田島町の番屋が見えるところで、桜の木の陰に隠れながらようすを窺っていると、御薬園坂を深江権之助らが偉そうに肩を揺すりながらやってきた。

「ほれ、来たぞ」

ぼーっとしている菅原を小突いた。

定町回り同心は、家来を二人ほどと、岡っ引きや下っ引きらを付き従えて、町々にある番屋をまわって歩くのだ。

「どうだ、変わりはねえか」

と、同心が声をかければ、

「ございません」

番屋の役人が頭を下げる。

そうそう変わりなどあるわけがない。あっても喜兵衛の事件のように、ろくな調べもしないのでは散策とかわりはない。

「追うぞ」

「ああ」

吉右衛門と菅原はさりげなく一行のあとをつけはじめた。

吉右衛門はまもなく深江の癖に気がついた。

知っている男と話すときは、背筋をぴんと伸ばし、顔をあげ、相手を見下すようにして話す。

だが、通り過ぎてしまうと、かくっと肩が落ち、背中が丸まる。

虚勢であり、見栄を張っているのだ。

偉そうな顔で、方々に声をかけて歩く。

漬物屋、団子屋、菓子屋、飴屋……。

一声かけては、売り物をちょいと口に入れる。いい気なものである。

だが、吉右衛門は、深江がそれほどひどい強奪のようなことをしているのではないことに気づいた。

漬物なららっきょう一粒、団子屋なら一串までいかず、一個、そういうもらい方なのだ。しかも、偉そうではあるが、いちおう愛想めいたものも言う。

よぼよぼしている婆さんの荷売りがいたりすると、

「ほれ、早く買って、荷物を減らしてやれ」

などとまわりの通行人に声をかけたりする。

横柄だが、おそらく人は悪くないのだ。

金品はねだっても、相手が困るほどのものはねだっていない。

——これは違うのではないか。

吉右衛門には、深江がそんな男に見えてきた。

そのことを菅原に言うと、

「わしもそう思った」

と、こたえた。

「では、なぜ深江は殺しのことをろくろく調べないのかな」

と、吉右衛門が菅原に訊いた。

「野郎は、殺しだとは、これっぽっちも疑っていないのではないか」

「え」

「だって、松の木に吊るされた男は、その後、地べたに転がされていた。喜兵衛だって、川で溺れたと思えなくもない。どっちも殺しではないのだったら、深江だってろくろく調べもしないさ」

なるほど、わきで千蔵が巧みにごまかしていれば、深江は何の疑いも持たなかったこともありうるのだ。

深江が麻布から三田に回ると、今度は別の岡っ引きが付いて回るらしい。

坂のところで、小太りの十手持ちが待っていた。

「あれは三田の三丁目に住む勘五郎《かんごろう》という岡っ引きだ。女房が水茶屋をいくつか持っていて、内証は豊かだ」

と、菅原が目をこすりながら言った。

「なるほど。まあ、今度のことについちゃ、三田の岡っ引きは関係ないだろうな」

吉右衛門と菅原がようすを見ていると、

「じゃあ、三田の。あとはよろしくな」

千蔵が立ち止まって、勘五郎に言った。

「おう、千蔵。ご苦労だったな」

深江が手をあげた。

千蔵を置いて、深江たちは坂を上っていった。

千蔵がでかい顔をしているのは、麻布本村町、麻布田島町、麻布永松町、善福寺門前町あたりである。麻布十番あたりは、また別の岡っ引きが幅をきかせている。

「千蔵の野郎を、もう少しつけてみるか」

日暮れまではあと一刻ほどある。

「それがいい」

菅原も頭が痛いのが治ったようである。

千蔵は吉右衛門とは顔見知りである。誰から聞いたかわからないが、吉右衛門が赤穂浪士の生き残りであることも知っている。お彼岸のとき、「いまから泉岳寺《せんがく》ですかい？」と声をかけられたこともある。

遠慮がちというか、一目置くような、あるいは警戒するような目つきで見る。ときには不気味なものに思っているふうに見える。

「ゆっくり行くぞ。見失ってもいいくらいに」

「そういうもんかい」

こんなことをしていると、吉良の動向をひそかに探っていたころを思い出してしまう。

三十年以上前である。

元禄時代の華やかなころで、町並みもずいぶん変わった。

通り過ぎる女たちの姿も、あのころのほうが派手できらびやかだった。着物の柄は大きく、いま流行の小紋はあまり見かけなかった。

いまは、将軍吉宗の倹約をよしとする時代である。

永松町のそば屋に入った。喜兵衛のうどん屋と違って、ここは酒も出す店だった。

戸は開いているので、吉右衛門たちは川っ縁に腰を下ろしてようすを窺った。

千蔵がいるとわかると、入ろうとした客も逃げ、誰も寄って来ない。

一人、手酌で飲んでいるらしい。

「哀れなもんだな」

岡っ引きはたいがい女房に別の商売をやらせていたりする。

だが、千蔵に女房がいるとは聞いたことがない。

稼いでいるわりには、子分も一人か二人くらいではないか。

千蔵は、善福寺門前町の少し通りを入ったあたりに、こぎれいな家を建て、そこに一人で住んでいる。

吉右衛門は一度、その前を通ったことがあるが、茶の湯の師匠でも住んでいそうな、風雅な家で、ずいぶん意外に思ったものだった。

千蔵は静かに飲みつづけている。肴も何も取らない。ただ、酒だけを延々と飲みつづける。

そのうち、あるじが愛想笑いを浮かべ、千蔵の懐に何か入れた。出ていってくれというのだろう。

千蔵はうなずき、外に出てきた。

「ありゃ、心がささくれておるな」

菅原が言った。

「ああ。哀れにさえ見えてくるな」

と吉右衛門がこたえた。悪党には悪党なりの寂しさがある。むしろ悪党のほうが孤独なものだ。寺男をしながら、人の死やその墓を見つづけてくると、そんなことも感じるようになった。悪党と唾棄《だき》されて死んでいった者の墓は、いつも膝を抱えて丸くなっているように思うときがある。

「だが、吉右、やっぱり、千蔵は二人の死にからんでいるだろうな」

「それはまちがいあるまい。だが、一人ではできぬ。まさか、同心の上の与力がからんでいることはあるまいが……」

吉右衛門には、そこがどうにも解せないのだ。

八

四日ほどして――。

昼ごろになり、吉右衛門はおさきのうどん屋に行った。

喜兵衛が死んで十日ほどしてから、店は再開されていたが、客はほとんど入らない。川向こうから眺めていても、のれんが割られるのを見たことがない。せめて、自分くらいは通ってあげようと思っているのだ。

とはいえ、寺男に贅沢はできないから、せいぜい三日に一度くらいしか行けない。

流行《はや》らないのは、店が陰気臭いというのもあるが、何よりうどんの味が落ちてしまった。

おさきも父親が生きていたころは、うどん屋を手伝っていた。だが、本気で自分がつくろうと思わなければ、そうそう技というのは学べないのだ。

女の力ではうどんのコシが弱い。ダシも微妙に違う。喜兵衛が使っていた隠し味のようなものが抜けているはずである。

どうしたらいいものかと、うどんを啜《すす》っていると、

「お、いるかい」

後ろで声がした。客かと思ったら違った。おさきの暗く沈んだ声がした。

「せ、千蔵親分……」

千蔵が入ってきたのだ。

ちょうど背中を向けているので、吉右衛門には気がつかないらしい。

「おさき。例の借金のことだがな」

「あ、はい……」

「いくらあったか、わかったぜ」

「いくらですか？」

と、怒ったように訊いた。

「おととし、この店を新しくするのに借りた金だ。全部で二十両だそうだ」

吉右衛門はそっと店内を見回した。確かにここはおとといくらいに新しくしている。二十両は高いようには思うが、柱などもいい木を使っている。返せると思って無理をしたのだろうが、とんだ災難が待っていたわけだ。

「二十両ですか……」

おさきは愕然としている。それほど莫大な金額ではないが、都合をつけろと言われても、簡単には調達できない。ましてや、世間のことなど知らない娘と、目の悪い母親には、どうすることもできないはずだった。

「どうする？　おめえが自分の身を売ってでも返したいというなら、高く買ってくれるところを世話するぜ」

「えっ」

おさきが身を固くするのがわかった。高く買ってくれると言うなら、当然、遊廓である。

「なんでぇ、このあいだも言っただろ。おめぇが選べる道はそう色々はねぇって」

「…………」

「どっか、借金を肩代わりして奉公させてくれるようなところは見つかったかい？」

「いえ」

そんな店が広い江戸のどこにもあるわけがない。いくら器量よしの娘でも、同情で二十両をくれる者はいない。

だからといって、町内の娘を岡っ引きが遊廓にやる算段をするものなのか。ひどい話である。ふつふつと怒りがこみ上げてくる。

我慢できずに、吉右衛門が口を出した。

「ほう。驚いたもんだねぇ。岡っ引きが女郎屋の片棒をかつぐかい」

「なんでぇ、あんたか」

千蔵は上目遣いに吉右衛門を見た。

「親分さん。土地のために尽くそうってなら、その証文を持ったところに行って、ちっと待ってやるがいいと交渉のひとつもしてくれるのが筋ってもんじゃないのかい」

「馬鹿言ってるんじゃねぇ。向こうだって、貸した金の戻りを待ってるんだ。おれはどっちかの片棒をかついでいるわけじゃねえぜ」

「片棒かついだっていいさ。だが、金貸しと、十六の娘じゃ、どっちのほうをかついであげればいいか、わかりそうだがな」

吉右衛門がそう言うと、千蔵は鼻でせせら笑った。

「そりゃあ、寺で働くと、立派な考えを持つようになるもんだ。ところで、討ち入りには四十七人いたと言われているが、一人は直前になって逃げたという噂を聞いたぜ」

「そういう噂もあるらしいな」

そんなことはさんざん言われてきた。心を痛めもしたし、悔しくて泣いたことも数え切れない。だが、あるときふっ切れた。所詮、言う側には、何の覚悟も実感もない。ただ、面白がっているだけなのだ。相手にする必要はまったくない。そのことに気づくと、何も気にならなくなった。いまさら千蔵なんぞに言われても何も感じない。

そもそも吉右衛門にとってあの討ち入りは、生涯でもっとも晴れやかで充実した時であった。最下級の身分だった吉右衛門が、むしろ藩が無くなってから、上司たちからあてにされ、重要な仕事を与えられた。身分を越えて、腹蔵なく語り合うこともあった。緊迫した日々ではあったが、生きがいが感じられた。

討ち入りはそんな日々の最後の仕上げのようなものだった。それを前にして、どうして逃げたりするだろうか……。

吉右衛門は、千蔵の目をまっすぐ見て、言った。

「何とでもぬかせ。だが、そなたの酷い仕打ちは許さぬぞ」


午後もずっとむかっ腹を立てながら、墓の掃除などをしていたが、夕方になって、菅原からの使いが来た。釜無天神の近所に住む、ときどき巫女《みこ》の役をやっている娘が、

「神主さまが初がつおをご馳走するので、お出《い》でくださいとのことです」

と告げた。

「初がつおだと？」

「はい。アカも連れて来いと言ってました」

刺身はともかく、兜《かぶと》や骨を煮こんだものでも食わせてくれるのだろう。犬までお相伴にあずからしてもらえるとは、ただごとではない。

ところが、そのアカが今日も見当たらない。墓場に声をかけても出てこない。毛が抜けて、しょぼくれた犬が恐々、こっちを見ているくらいである。

仕方がないので、一人で三田の台地を上っていった。

四月一日（旧暦）からあがってくるかつおを、江戸の人々は初がつおと呼んで珍重し

た。

　女房を質に入れても初がつお

　という川柳も喜ばれたくらいである。だが、今日は四月七日だから、江戸でいちばんとは言えなくても、食った者はほとんどいないはずである。

「これか」

　行くとすぐに見せられた。

　刺身がどんと大皿に盛ってある。

　魚屋が買ったその場でさばいてくれるのだ。

「おう、たっぷり食ってくれ。娘の嫁ぎ先や、有力な氏子のところには、ちゃんと差し入れもしてあるから」

　それでも、二人で食うには充分過ぎるほどの量である。

「なんで、初がつおが手に入った？　まさか、買ったのか？」

「買った」

「高いだろう」

「二両」

「馬鹿な」

吉右衛門はあきれた。家族がふた月ほど暮らせる金額である。こんなくだらない無駄遣いをする男とは思わなかった。

「あぶく銭が入った」

「どんな悪いことをした？」

「まあ、聞け。四日ほど前のことだ。夜中にそっとバチ当て様にやって来た者がいた。これが誰だと思う？」

「そんなこと、急に訊かれても、わかるものか。誰だよ」

「浜松町一丁目のみやこ屋だ」

「豪商ではないか」

薪炭《しんたん》問屋で、大きな看板は街道筋でも目立っている。

「これはろくな願いではあるまいと、裏に回って、そっと聞いてみた。あいつ、なんと並木《なみき》屋のあるじが死にますようにと祈っていたのだ。紀州の上質な炭の仕入れをめぐって、ずっと争いつづけてきたらしい」

「商売敵《がたき》か。ひどいヤツじゃな」

「ところが、その二日ほどあとだ。並木屋のあるじがぽっくり死んだ」

「なんと……」

吉右衛門は目を瞠《みは》った。

「わしも驚いた」

「まさか、そなた？」

斬るのは無理としても、毒でも盛ったのだろうか。

「馬鹿言え。わしにそんなことができるか」

「偶然か」

「まったくの偶然さ。だが、みやこ屋はすっかりバチ当て様のおかげだと思い込んだらしい。その晩も夜中にやってきて、賽銭箱に三両入れていった」

「ほう」

「どうだ、あぶく銭だろうが」

と、にやりと笑った。

「たしかにあぶく銭だ」

「そういうあぶく銭を身につけたらバチが当たる。一両でバチ当て様に錦の腹掛けをして、二両で初がつおを買った」

じつに愉快な話である。吉右衛門も、

「そういうことなら食おう」

さっそく飲み食いが始まった。初がつおは脂《あぶら》が乗っていない。脂が乗るのは戻りがつおのほうだが、さっぱりした味も捨て難い。

「なあ、吉右」

「なんじゃ」

「こんなふうに、バチ当て様から刺客仕事を請け負ったら儲《もう》かるだろうか」

「その手の願いを抱いている連中は、うじゃうじゃいるだろうからな」

それはもう、怖ろしいほどいるだろう。むしろ、そんなことは思ったことがないという者のほうが、少ないのではないか。

ただ、そう思うのはわずかなあいだだけで、たいがいは自分の心の中で折り合いをつけ、そんなことは実行せずにいるだけである。

「大勢いるだろうが、そんなことはやってはいかぬ」

と菅原大道が言い、

「要するに殺し屋だからな」

吉右衛門もうなずいた。

ところが——。

今日の昼に、吉右衛門が目の当たりにした千蔵の話をはじめると、二人のあいだの雲行きがおかしなことになった。

「二十両を返すのに、あの娘に岡場所行きを勧めただと」

「岡っ引きがだぞ」

「ひどい話だ」

「こんなひどい話はあるまい。おとっつぁんが殺され、自分は女郎屋に売り飛ばされる。わずかひと月ほどのあいだのことだ」

店で感じた怒りがまた甦ってくる。

「二十両か……」

菅原は、恨めしそうに初がつおを見た。我慢すればよかったという気になったらしい。

「大金だなあ」

「十六の娘が返せる方法は知れている。いずれ引き受けざるを得なくなるだろう」

と吉右衛門は言った。おさきのことを思い出したら、せっかくのかつおもまずくなってきた。

「せっかく器量よしに生まれたのに、不運な娘だ」

と、菅原が言った。

「ああ。喜兵衛が生きていたら、さぞいい婿を見つけてきただろうに」

遊廓に売られたら、末路が哀れなことは容易に想像がつく。

「かわいそうになあ」

「わしは、やはり許したくない」

吉右衛門の目つきが険しくなってきた。握ったこぶしがぶるぶる震えはじめている。

「何としても許せぬ」

吉右衛門は天を睨んだ。もう、昼の明かりはない。

「なあ、菅原。神様だって、許さぬだろう」

「あ、ああ」

吉右衛門の剣幕に気圧《けお》されてうなずいた。

「バチを当ててやろう、菅原」

「殴るか」

「殴るくらいですむか」

「半殺しか」

「まだだな」

「えっ……」

菅原は息を飲んだ。

いつの間にか風が出てきて、境内の木々がさわさわと揺れている。空をゆく雲が風で流されているのが、まだ小さな七日の月の周囲だけよく見えていた。お告げでもありそうな、ある種の予感をはらんだような光景である。

「どうせ、わしらはこの先、長いことはないぞ」

吉右衛門がかすれた声で言った。

「わかってるさ。日々、切実に思っているもの」

菅原はいつになく神妙な顔になっている。

「ならば、わしらがバチ当て様になろう」

「バチ当て様か」

「悪戯《いたずら》ではないぞ。凄《すさ》まじい神の怒りだぞ」

「殺し屋になるのだな」

「いや、違う。金をもらえば殺し屋だが、わしらは金はもらわぬ」

吉右衛門は首を横に振った。

「討ち入りのようなものか。吉右が何十年も前にやった……」

「討ち入りだと……」

「義のために働くのだろう?」

菅原が重ねて訊いた。

「…………」

同じなのかわからない。あのときの討ち入りは、大石たちが中心で、吉右衛門は命じられるまま動いただけだった。今度の決意は、吉右衛門自身の怒りがなせるものだ。だが、
菅原はそう思ったらしく、

「よし。やろう。二人だけの討ち入りだ」

と、吉右衛門の手を握った。

「いいんだな」

「ああ」

「誓おう」

吉右衛門はうなずき、刃を少し出して、かちっと鞘に戻した。本来なら、小柄で刃を叩くのだが、小柄がない。誓いの印、金打《きんちょう》のかわりである。

「では、わしにも剣を教えてくれ」

と、菅原が立ち上がった。酔ってもいないのに、気が昂ぶってきたらしい。

「お前が剣だって。嘘だろう。荒事はわしだけでよいぞ」

「そうはいくか。絶円だって、生きていたら、手伝うと言ったにちがいない」

「坊主がそんなこと言うか」

「言ったさ。あいつなら」

そうかもしれない。絶円なら仏を信じるからこそ、進んで仏罰を受けるようなところがあった。

「だが、絶円はもともと、おかしな体術をつかったりして、そっちの修行も経験していたのだ。そなたはないだろうが」

「ない。だが、おぬし一人に危険な役目をやらせるというのは忍びない。後ろからつっかけるだけでも助けになりたいのだ。頼む」

「では、下手に剣を振り回されると、怪我をするし、こっちも危ない。棒術でも学んだらどうだ」

「棒か」

棒術ではふつう樫の棒を使うが、それだと菅原には重過ぎるだろう。

吉右衛門は神社の境内を見回した。

「あれがいい」

と、崖のあたりを指差した。崖崩れを防ぐための竹林がある。

その前に行き、

「えいっ、やっ」

二度、剣を横に振るった。たちまち五尺ほどの竹の棒ができた。

これをひょいと菅原に放って言った。

「これを一日、二千回ほど振り回しておけ」

九

夕飯をすませたあと、吉右衛門がごろりと横になっていると、

「お前さん。あれを」

おせんが家の中から外を指差した。

「え」

吉右衛門は目を瞠《みは》った。腹が垂れるほど大きくなった犬が、のそりのそりと薄暗くなった家の前を横切っていった。

「いまのはアカか」

「そうですよ」

「あいつ、身ごもったのか」

「はい」

「それで最近、呼んでも来なかったのか」

吉右衛門は呆《あき》れてしまった。犬が仔を孕《はら》んでも、腹はなかなか大きくならず、大きくなったと思ったら、たちまち出産してしまうのは知っていた。

信じられないのは、あんな気の強い牝にどこの犬が近づいたのか、ということである。

そんなようすはまったくなかった。

「不思議だのう」

「何がです？」

「アカの亭主を見たことがないからさ」

「あら、ないんですか」

「お前はあるのか」

「ありますよ」

とおせんは言って、ふくみ笑いをした。

「なんだ、その笑いは？」

「いえね、そのうちわかりますよ。男女の仲は不思議ですね」

「なんのことだ」

吉右衛門は木刀を持って立ち上がった。アカのあとをつけると、アカは本堂の裏手の床下に入ってしまった。ここをお産の場所にするらしい。

とすると、しばらくは吉右衛門のそばにいることもないはずである。

本堂の裏を通って、そのまま墓場に入った。

絶江坂のほうではなく、もっと奥のあたりで、ここらはまだ土地に余裕がある。夕飯後もここに来て、木刀を振るようにした。

――上杉の刺客が来るのが先か。それともうどん屋のおさきの願いを聞き届けるのが先か。

いずれにせよ、衰えた身体を急いで回復しなければならない。

「やっ、たっ」

できるだけ足を使いながら剣を振る。この稽古は、昔、堀部安兵衛に教えられたとき、みっちり叩きこまれた方法だった。

立ち合いは、道場のような平らな板の上でやるとは限らない。でこぼこした土や、坂道や、石段の上の斬り合いもありうる。そんなときも、充分な足の運びができるよう、足腰を鍛えておかなければならない――それは、安兵衛の口癖でもあった。

安兵衛というと、高田馬場《たかだのばば》の決闘が当時から有名だったが、あのときも坂道の決闘だったと聞いた。

さらに、同じ裏門の部隊で吉良屋敷に斬り込んだときも、安兵衛の凄まじい剣技を目の当たりにした。戸板がはじけ、畳がひっくり返り、布団が散らばった足元のおぼつかない屋敷内を、安兵衛は体勢を崩すことなく突き進み、前後左右から現われる敵を次々に斬り伏せていったのである。

吉良屋敷内をゆく安兵衛が、まるで静かな水上をゆく巨大な船のように見えたものだった……。

汗が流れ、息が切れる。すぐにどこかが痛くなる。

――いまごろは、菅原だって、竹の棒を振り回しているかもしれない。

そんなことを思いながら、自分を励まし、稽古をつづけていると、

「おやおや」

と、後ろで声がした。

振り向くと、吉右衛門が苦手な住職の絶真が、目を丸くしている。その驚いた顔がわざとらしい。

「これはご住職に見られましたか」

吉右衛門は苦笑した。

「寺坂どの」

「はい」

「もはや剣などに頼るのはおやめなさい」

子どもに言い聞かせるようである。

答えようがない。

「それよりも、俳諧はどうです」

「俳諧ですか」

そういえば、このところ寺では頻繁に句会がおこなわれている。絶真が俳諧に凝《こ》りはじめたのだ。

「俳諧はよいものですぞ。五七五の短い言葉の中に、ありとあらゆる思いをこめることができます」

「さようで」

「寺坂どのもそろそろそんなお歳なのです」

「それはわかります」

とうの昔からやっているとは言いにくい。

うつむいていると、乗り気ではないと思ったのか、本堂のほうに去っていった。

後ろ姿を見送り、さらに稽古をつづける。

絶真には言えないが、もはや剣に頼るしかないのだ。生き延びるためにも。残された余生を充実させるためにも。

夕陽が墓地全体を紅く照らしはじめている。

紅く染まった墓地を見て、おせんは寂しそうだと言ったことがある。

だが、吉右衛門は、寂しいとはまったく思わない。

人というのは、生きているにせよ、死んでいるにせよ、こんなものだと思う。夕陽の墓場がふさわしいように思う。

曹渓寺は広大な寺領を持ち、墓地は西側の斜面全域に広がっている。墓石の群れの合い間には、さまざまな樹木が植わっている。

桜、桃、梅、紅葉、けやき、いちょう、木蓮、柳、松……。

それは先代の絶円が手ずから植えたものもあれば、吉右衛門が挿し木をしたものもある。

ずいぶん大きく育ってくれている。

その木々がかすかな風にさわさわと揺れていた。

——あ。

ふいに首筋から背にかけて、ぴりぴりするような感覚が走った。

気配だった。それも、禍々《まがまが》しいと言える憎悪のような感情をはらんだ気配だった。

吉右衛門は木刀を捨て、差している刀に手をかけ、すり足で、ゆっくりと歩き出した。

息を整え、平常心でいようとする。

立ち止まる。

刀に手をかける。

胸が高鳴っている。

襲ってくるのか。

しばらく待つ。

来ない。

上のほうから、遅い墓参の者たちが下りてきた。新しい仏ではないのだろう。笑い声も混じっている。

何かが立ち去っていく。

気配は消えた。

いままでの刺客とはちがう。独特の気配である。
――忍びの者のようなヤツか。
だとすれば、正面から来るとは限らない。飛び道具、毒と何でもありうる。
よほど警戒しなければならなかった。

第三章　にこにこ仏

一

朝まだきである。いまは小止みになっているが、降りつづく雨の中で、木々の葉が薄青い光をつややかに反射させている。空気に水の匂いが濃い。

「ほれほれ、お前さん。ご覧よ」

おせんが、薄暗い本堂裏の軒下を指差した。

横たわったアカの腹のあたりに、こぶし大の毛の塊《かたまり》が動いている。

「おう、生まれたか」

吉右衛門の顔に思わず笑みが浮かんだ。

「何匹だ？　一、二、三……四匹だな」

「いえ、裏にもう一匹、五匹ですね」

今日は、四月十五日だから、孕んだのは二月十五日ごろか。犬は人間のように、十月十日も腹の中で子を育てたりはしない。

――桜の蕾《つぼみ》がふくらみはじめたころというと……。

そのころを思い返してみるが、父犬は見当がつかない。

父はともかく、生まれた五匹の仔犬たちは、なんともかわいらしい。一塊になって、アカの乳を飲んでいる。むくむくと動くさまは、大きなあぶくがわいているようでもある。

アカは、珍しくぴりぴりした感じである。吉右衛門が見ても、警戒するような目を向けてくる。

昔、飼っていた犬も、仔犬を産み、育てるのを、しばらく見守ったことがある。

母犬はしばらくのあいだ、自分は餌《えさ》も食べずに、仔犬に近づく者に怯《おび》える。持っていかれまいとする犬の本能なのだ。

「ここで飼えるのはせいぜい一匹だね」

と、おせんが言った。

「だが、川に流すのはかわいそうだし、親離れするまでに、なんとか飼い主を見つけてあげなくてはな」

吉右衛門は腕を組んだ。犬を飼ってくれそうなところを考えている。

一人は決まっている。菅原大道である。

――あ、いいところがあったぞ。

もう一人、思いついた。

あとで訪ねることにして、まずは寺男の仕事をこなさなくてはならない。広尾ヶ原の奥にある雑木林で枯れ枝を集めてきて、焚き木の束をいくつかつくり、檀家の年寄りが亡くなったというので墓穴を掘った。

それから、墓場にある桜の木に毛虫が多いというので、これを一匹ずつ取って、渋谷川沿いにある桜の木の根元に置いてきた。寺内の殺生は、絶真から固く禁じられている。

そうこうするうち、お昼になったので、吉右衛門はおさきの店に行った。

仔犬を飼わせようと思った相手はおさきである。

小動物の愛らしさは、鬱屈《うっくつ》をやわらげてくれる。食い物屋なら客の残りなども出たりして、餌には不自由しない。

今日も昼だというのに客はいない。

「いらっしゃい」

と言う声も暗く、客もこの店に来たいとは思わなくなるだろう。

それでも、新しい品書きの紙が下がっている。

「おや、うーめんを食ってみようかな」

期待せずに頼んでみた。松尾芭蕉が、このうーめんが好物だったという話を、昔、大高源吾から聞いたことがあった。

油を使わず、細く伸ばした麺である。

「おっ、これは……」

うどんは駄目だったが、うーめんはなかなかうまい。麺を細く打てば、太い麺のときの欠点が気にならない。たねものも工夫がしてある。わらびやぜんまいなど、山菜の塩漬けが少しずつ、色とりどりに載っている。娘らしい気づかいである。

「いいじゃないか、おさきちゃん」

「はあ……」

「これなら、やっていけるぞ。ここの看板にできる」

「いいんです」

表情が固い。というより、感情そのものが窺《うかが》えない。

「何がいいんだ」

「この前の話、もう引き受けちゃいましたから」

女郎屋に行く決心をしたということである。

「いいんですって。だから五月いっぱいで、この店は閉めますから。おっかさんはいままでどおり、住みますが」

「馬鹿な」

「五月いっぱい……」

「お情けで待ってくれるんですって」

と言って、変に明るい声で笑った。

「おっかさんがそんなことを知ったら、死んでしまうぞ」

「いえ、大丈夫です」

「大丈夫なものか」

吉右衛門がそう言うと、おさきは「おっかさん」と、後ろに声をかけた。よろよろと手をつきながら出てきた母親を見て、惚《ぼ》けているのが一目でわかった。髪の乱れかたが尋常ではないし、口元に締まりがまるでない。

まだ、五十にもなっていないはずだが、もともと病気がちだったところに、心労が加わったせいもあるのだ。七十のおせんよりもひどい老けっぷりだった。

「ねえ、おっかさん。あたしがいなくなっても大丈夫だと、言ってあげて」

と、おさきが言った。

「ありがてえこって。この子が身を売ってまで、わたしを助けてくれるんですから。ナンマンダブ」

ついには吉右衛門を拝み出す始末だった。


吉右衛門はその足で釜無天神に向かった。

高台から見ると、海の上一帯に重そうな雲がたれこめ、陰鬱《いんうつ》な景色だった。

おさきのことを菅原に告げると、

「そうか、もう決心しちまったのか」

と、顔をしかめた。

「千蔵はお情けで、五月いっぱいだけ待ってくれるんだとよ」

「けっ」

「あとひと月半ほどしかない」

「金はもらっちまったのかな」

「それは知らないが、近々、持ってくるだろうよ」

そうやって証文で身動きが取れなくなっていくのだ。

母親の面倒は、親戚に金でも渡して行くと言っていた。だが、売られてしまったら、おそらく死に目にも会えなくなる。

「昨日もおさきちゃんは来ていたよ。どうか、千蔵にバチを当ててくださいと祈っていった」

「だろうな。口ではもういいと言ってもな」

「とすると、ひと月半のあいだに千蔵にバチを当てなくちゃならないのか……」

菅原が吉右衛門を見た。

「ああ。こっちもバチ当て様に拝みたい気分だな」

と吉右衛門は力なく言った。

二

あの高台の町に何かがあるのだ。

吉右衛門は、あのあたりを見張るしかないと思った。おさきが身売りされる前に間に合うかどうかはわからない。しかし、やらねばならぬのだ。

だが、何がおこなわれたかを知らなければ、怪しいヤツラを特定することもできない。

このところ、しとしとと雨が降りつづいている。

これが見張りには都合がいい。

傘の下で顔を見られずにすむし、傘を替えれば、何度、往復しても怪しまれたりしない。

滑りやすくなった道を上って、日に何度も坂の上まで行く。墓地がつくられるくらいだから、ここらは地盤はあまり固くない。固いと墓穴が掘りにくいのだ。むしろ、ところどころは坂上の大店が人手を出して、雨の日でも歩きやすいように石が敷いてあった。

雨宿りのふりで、吉右衛門は向かい側にある空き家の軒下に入った。一刻ほど、疲れ切った年寄りを演じながら、何かが起きるのを待った。

ついに、三軒の真ん中にある〈紅花堂〉という店に、何となく気になる武士が顔を出した。

小銀杏《こいちょう》の髷《まげ》を結っている。八丁堀《はっちょうぼり》の同心たちが、好んでする髷のかたちである。ただ、それだけである。

着流しだが、長羽織は着ていないし、十手も差していない。八丁堀の同心たちは、紺足《た》袋《び》を愛用するが、素足の下駄ばきである。

その武士は、店の中には入らず、声をかけただけで、外に立っていた。

すると、急いで若旦那が飛び出てきた。

武士は何ごとか言いながら若旦那を傘の中に入れ、耳打ちをした。

顔はとても八丁堀の同心には見えない。優しげな顔で、人のよさそうな笑みを浮かべている。小刻みに顔を動かしながら、若旦那の話を聞く。

そのようすだけ見れば、人あたりのいい商人のようである。

出てきた若旦那は、この前、ちらりと見たいい男である。その整った顔がひどく緊張している。

「じゃ、またな」

というように若旦那の肩を叩き、その武士は仙台坂のほうへ歩いて行く。

若旦那は武士の後ろ姿を見送りながら、明らかに怯えた表情である。

――あの笑顔に、何を怯えたのか。

ひどく違和感を覚える光景だった。

そのあと、女房らしき女も出てきて、心配そうに若旦那を見た。この女房も、このあいだ、参拝に出かけるときに見せた顔とはまるで違う表情だった。

「なんでもねえよ」

と、若旦那の口が動いたように見えた。

吉右衛門はさっきの武士のあとをつけた。

武士は仙台坂を下り、一之橋の近くで猪牙舟《ちょき》を拾った。

「くそっ、舟か」

こっちも舟で追いかけたいが、銭を持って出なかった。

歩いて追うしかない。

金杉川から江戸前の海に出ると、舟は左に向かった。

吉右衛門は舟を見ながら、左に曲がる。途中、お浜御殿や大名屋敷などがあるため、ずっと舟の姿を追っていくのが難しい。船頭が赤い手拭いで鉢巻をしていたので、どうにかそれが目印になった。

雨の中を駆けた。さほど全力で走っているのではないが、やたらと息が切れた。横腹が痛く、胸がつぶれるような感じである。

途中、舟の速度が落ちた。こちらもそう足を速めなくてよくなったが、今度は足が痛み出した。左の膝で、いつの間にか少し引きずるようにしていた。

芝口橋の手前を築地《つきじ》のほうに行き、築地川沿いに急いで海側に出た。

猪牙舟は急いでおらず、どうにか見失わずにすんだ。

鉄砲洲《てっぽうず》のあたりでは、舟のすぐそばを並んで歩いた。

だが、佃島《つくだじま》のわきを抜けると、大川には入らず、まっすぐ深川《ふかがわ》の掘割に入っていく。

八丁堀なら、鉄砲洲からそのまま左の越前堀に入ればよいが、入らない。

——同心ではないのか。

と、不安になった。

深川に入る舟を地上から追うには、永代橋《えいたい》から迂回しなければならない。また、足を速めた。口が渇《かわ》くので、雨を口でうける。膝だけでなく、まるで関係ない左の肩も痛くなってきた。どこかの筋がつながっているのだ。あっちが痛くなれば、こっちも痛くなる。歳を取ると、そんなことばかりなのだ。

足がもつれそうになりながら、吉右衛門はやっとの思いで深川に入った。

深川はひさしぶりである。深川と言えば、赤穂浪士の奥田貞右衛門《おくださだえもん》と孫太夫《まごだゆう》の父子が、深川黒江《くろえ》町の春米屋《つきごめ》清右衛門《せいえもん》店に潜伏していた。そこにはしばしば連絡のために訪れたものである。深川はまだ開発途上の新しい町で、方々で木の香が匂っていた。

そして、討ち入りを終えたあの朝、吉右衛門は大石からいくつかの後始末を命じられ、一人、永代橋のたもとで、泉岳寺に向かう一行を見送った。深川の地を踏んだのは、あのとき以来ではないだろうか。もちろん、あのときは風景など眺める余裕もなかった。

深川は掘割が縦横に走る町である。

永代橋から左に折れ、最初の堀を左に曲がった。ここは確か、油《あぶら》堀と言ったはずである。

「おっとっと」

慌てて足を止めた。舟は深川の奥まではいかず、油堀の河岸で停まった。

雨は小降りになっていたが、吉右衛門は傘を差したまま、あの武士の近くに寄っていった。

そのとき、堀の反対側から、その武士に声がかかった。

「旦那。非番ですかい」

荷揚げ人足らしい。気軽な呼びかけである。

旦那……、非番……。

まちがいなく、この武士は八丁堀だ。

「おう。わしは非番でも動きまわっているのさ。つらい仕事じゃやて」

旦那は、にこにこ顔で答えた。

それから、旦那は、少し先にある番屋に入った。ふつうに暮らしている者は、こんなところは入りたくはない。この旦那は、飲み屋ののれんでもくぐるように気軽に中に足を入れた。腰高障子には、黒々と、「佐賀町《さが》」「番屋」と書かれてあった。

吉右衛門は、さっき声をかけた人足のところに近づいた。

「いまのお方は、たしか、八丁堀の……」

と、鎌をかけた。

「池永《いけなが》様だよ。仏の清兵衛《せいべえ》と呼ばれている。まったく、あんないい人が、八丁堀の同心だってんだから、おれが泥棒なら喜んで捕まるぜ」

「池永様……」

それから吉右衛門は、堀をはさんで番屋を眺めることにした。

池永はそれほど経たずに、番屋から顔を出した。このときも、番屋の町役人に何か軽口を叩いている。笑い声も聞こえた。

——仏の清兵衛だと……。

たしかに笑顔や笑い声だけを聞いたら、そんな感想も持つのかもしれない。だが、さっきの紅花堂の若旦那が見せた怯えた顔を思い出すと、とてもそんな綽名《あだな》は信じられない。

ヤツの仏の顔は仮面なのだ。

池永はもう一度、河岸で猪牙舟を拾った。

吉右衛門は疲れ切っていて、これ以上、あとをつける気にはなれなかった。

三

高見貫吾郎は、丸山孫太郎といっしょに丸山家の屋敷を出ると、一度、振り返って、

「羨《うらや》ましいよ。あんなに西洋の文物があるのは」

と言った。

丸山の屋敷は飯倉にある。貫吾郎はあまり広い土地だと見当がつけにくいのだが、おそらく千坪は越すのではないか。旗本の家というのは、門構えから部屋のつくり、調度品にいたるまで、御家人の家とは何から何まで違うものだと驚いてしまった。腰元も幾人かいて、家の中には化粧の匂いも漂っていた。貫吾郎の家では嗅いだことのない甘やかな匂いだった。

しかも、家の中の一室には、使い方もわからないような天体観測の道具や、時計、楽器、望遠鏡といったものが無造作に棚の上に並べられていたのである。むしろ、そっちのほうが貫吾郎に羨望の念をもたらしていた。

「そうかね」

丸山はそっけなく答えた。

丸山孫太郎の父は、天文方に勤務しているという。ここは将軍吉宗も興味を示している部署で、潤沢《じゅんたく》な資金を使うことができるらしい。このため、多くの文物を取り寄せ、重複したものや旧式になったものは、丸山の父が整理と称して屋敷に持ち帰って来るらしい。

高見家では考えられないような話である。

「文物だけではなく、本も凄いな」

和漢に加えて蘭書まで、一室の壁を埋め尽くすくらいに積み上げてあった。

「全部、読んだのか」

「そりゃあ、まあ、ざっとだがな」

貫吾郎があまりにも子どものように感激しているので、白けた気分になったのだ。

――丸山だって……。

母親が現われたら、途端に顔つきまで変わり、素直ないい子になってしまった。元服前の子どものような態度に、内心、あきれたほどだった。それが旗本の子弟のしつけなのか。

「そういえば、わしの知り合いに聞いたのだが、高見の祖父は、あの四十七士の一人だそうだな」

「そうだ」

別に秘密にしているわけではない。

いろいろ訊かれると鬱陶しいので、あえて言わないだけである。

「ただ一人、生き残ったのだろう」

「そうだ。逃亡したという噂もある」

「知ってたのか」

「当たり前だ」

「なぜ、生き残ったのだろう」

「…………」

理由はよく知らない。昔、母親から、

「ジジ殿には使命が与えられたからです。それを終え、あらためて名乗り出たときには、すでにお構いなしということになっていたのです」

と、そんなことを聞かされた記憶もある。その意味も真偽もはっきりしないが、いまさら問い直す気もない。

誰が言っていたか忘れたが、こんな見方をした人もいた。他の浪士たちは皆、浅野家の直臣だったが、ジジ殿だけは吉田忠左衛門という人の家来で、浅野家からしたら陪臣《ばいしん》だった。剣の腕や人柄にすぐれていたので、他の浪士と同様の働きをすることになったが、最後は陪臣という身分のため、別の扱いをされたのだと。武士の理不尽な身分差について、つねづね憤慨してきた貫吾郎は、さもありなんと思った。

だが、それも確証のあることではない。

ただ、これだけは貫吾郎はわかっていた。

あのとき、いっしょに討ち入りをした人たちとともに、腹を切ったほうが、一人だけ生き残るよりもはるかに楽だったはずである。

だが、ジジ殿は生きるほうの道、辛《つら》く厳しいほうの道を選んだ。

それ以上、ほかに言うことはないはずだった。

「そんなことより、どこに行くんだ？」

と貫吾郎は訊いた。

「おれがやろうとしていることの一端を見せてやろうと思ってな」

「ほう。それは大きなことか？」

「当たり前さ」

渋谷川、というか、このあたりは金杉川と呼ばれているが、その川岸に来た。何艘か小舟が舫《もや》ってある。

「これは、おれの家の舟だ」

と、猪牙舟を指差した。船尾のところに、家紋なのか焼印が押してある。

「へえ。旗本の家ではいろんなものがあるのだな」

「なあに、爺さんが釣りに凝ったときにつくったものだ。いまは誰も乗らぬので、おれが使っている」

丸山は舟を漕ぎ出した。慣れているふうで、前から来る大きな荷船とすれ違うときも、巧みにかわしていく。

いったん海に出た。今日はよく晴れている。沖には大きな船が帆を下ろして、幾艘も停泊している。右手に一艘だけ帆を上げた船は、これから外海に出ていくらしい。どこへ行くのか。大坂か、長崎か。遠くに行けるなら武士の身分など捨ててもいい、と貫吾郎は思った。そんなことを考えると、心が晴れ晴れとしてくる。

丸山は無言のまま、櫓《ろ》を漕ぎつづけている。考えごとをしているようでもある。この男は何か悩みごとでも抱えているのか、よくわからないところがある。

佃島を右に見るあたりで、艀《はしけ》の群れと行き違った。山ほどの荷を積んで、沖の船に向かっている。江戸から運び出すものなんてあるのだろうか。余っているのは人くらいで、あとは足りないものばかりではないのか。

艀とすれ違い、そこから大川をさかのぼっていく。

二つ橋の下を過ぎた。確か、永代橋と新大橋だったはずだが、丸山には訊きにくい。そんなことも知らないのかと思われるのも癪《しゃく》である。橋の上の人の往来は、大変なものである。橋の下をくぐるとき、その喧騒がざあっと雨のように降ってきて、通り抜けるとまた音は遠ざかる。その感覚が新鮮である。

また、橋が見えてきた。

「あそこが両国橋だ」

と、丸山が言った。

「両国橋に用があるのか？」

貫吾郎は訊いた。丸山には悪いが、じっとしているのが辛くなってきた。舟を漕ぐとか、身体を動かしたい。

「まあ、見てろ」

いったん橋の下を過ぎ、少し上流で反転した。丸山は櫓を放し、腰を落とし気味にして立った。

――何をするのだろう。

貫吾郎は何となく妙な感じがして、丸山のすることを見守った。

舟は流れに乗って、何もしなくても下流に進む。

橋桁《げた》のところに来たとき、

「やっ」

丸山が刀を抜いた。短い刀ではないが、いっきに抜き放った。見事な居合いである。

橋桁に使われている太い丸木を刃が撫でた。パッと木っ端が散った。

「とぉ」

返す刀でもう一度、橋桁を斬った。もちろん太い橋桁で、目立つほど斬ることはできないが、それでも丸木に斧《おの》が食い込んでできたような傷が残った。

丸山はもう一度、舟を上流に進ませた。

「何をしているのだ？」

わけがわからず貫吾郎は訊いた。

「見ての通り、橋桁を削ったのだ」

「削ってどうする？」

「決まっているだろうが、橋を崩す」

「…………」

貫吾郎は冗談を言っているのかと思った。

ちょうど上流から荷船がやってきた。丸山は惚《とぼ》けた顔でこの船の船頭に声をかけた。

「ここらは釣れますかね？」

「ここがかい。釣れるかもしれねえけど、こんなところで釣り糸を垂らされた日には、往来の邪魔になってしゃあねえさ」

そう言って、仲間たちと顔を見合わせて笑った。

丸山が釣りなどするつもりはない。警戒されないようにしているのだ。

荷船が遠ざかると、丸山はもう一度、同じことをした。橋桁に斬りつけ、木っ端を散らす。同じところを狙っていて、実際、削れているのも見えた。

「いまはいちばん川の水位が落ちているときでな、まもなくここは水の下に入るのだ」

と、丸山は言った。

「それが何なのだ？」

貫吾郎は川の流れを見ながら訊いた。背筋におぞましいものに出会ったときの寒気が走っている。

「見つかりにくいだろうが。人目に触れなくてすむのだ」

「本気なのか？」

「遊びだったら、わざわざこんなところまで来るものか」

「何のために、そんなことを？」

「面白いだろうが」

そんなこともわからないのかという調子で言った。

「なにが？」

「橋が落ちたら面白かろう」

「………」

罪もない人が大勢死に、橋の往来もできなくなる。それを面白いと感じる心は、狂った心だからだ。それとも戦さのようなことを想定しているのか。

「そんなことはやれっこない」

貫吾郎はかすれた声でつぶやいた。いくら水位が低いときを狙っても、ここを通る船の船頭などが気づくこともある。巧みに人目につきにくい箇所を選んではいるが、奉行所の橋同心なども、定期的に見廻りをおこなっているはずだ。

だいいち、こんな大きなものに、たった一人で取り付いているさまは滑稽でしかない。

「はっはっは。そりゃ、悪い冗談だろう。一人でこの橋をか？」

貫吾郎は笑った。

だが、丸山はにこりともしない。

「一人じゃないぞ。おれには仲間もいる」

「そうなのか」

笑いはすぐに消えた。またも背筋に嫌な寒気が走った。

四
「紅花堂のほうをもっと探る必要はあるな」

と吉右衛門は菅原大道に言った。絶江坂の上である。近頃はここの界隈で、日に二度ほどは相談を重ねている。

　しばらく千蔵や池永のほうばかり、あとをつけてみたりした。だが、紅花堂とのつながりはなかなか見えてこない。

「紅花堂に何かあることは間違いない」

「いちばん考えられるのは、強請《ゆす》られているってことだ」

あのときの若旦那の表情を見ると、けっして突飛な発想ではない。

「そういえば、吉右、あそこの若いおかみさんは、昨日も氷川《ひかわ》明神の神様に祈ってたぞ」

氷川神社は仙台坂を通りすぎたあたりにある。菅原が通りかかったときに見かけたらしい。最近は、吉右衛門も菅原もできるだけ紅花堂の前を通って、何か異変はないか確認している。

あのおかみさんは若いが信心深くて、近くの氷川神社はもちろん、足を伸ばして赤坂《あかさか》の山王様まで行くこともあった。

「何か悩みを抱えているのだな」

「こっちに来てくれりゃあ、いいんだが」

こっちとはバチ当て様のことだ。そうしたら、菅原が後ろから盗み聞きするなりして、秘密を容易に探ることができる。

「そうだ。あのおかみさんにバチ当て様のことを吹き込めばいいんだ」

と吉右衛門が言った。

「どうやって？」

「わしとおせんでなんとかやってみるか」

その翌日である。

氷川神社に紅花堂の若いおかみがやってくると、

「お前さん、やっぱりバチ当て様のほうがいいよ。ほんとにバチを当ててくれるらしいよ」

と、おせんが聞こえよがしに言った。それほど不自然ではない。おせんに芝居っ気があるなんて、吉右衛門は初めて知った。

「へえ、本当なのか」

と答えた吉右衛門は、自分でも香具師《やし》が使う桜のようだと思った。

「だって、お前さん。ずいぶん、遠くからも三田の高台まで行くんだそうよ」

若いおかみさんは聞き耳を立てているふうだった。

吉右衛門は期待し、翌日は菅原を神社のほうに待機させた。

だが、その日もこのおかみさんはバチ当て様には行かず、氷川神社に参っていた。

「もう一人、いきたいところだな」

と吉右衛門は言ったが、またおせんに芝居させるわけにはいかない。たびたび同じ顔ではわざとらしくなってしまう。

「誰か手伝ってくれぬかな」

頭を抱えると、

「そうだ。かえでさんに頼んでみるか」

菅原が嬉しそうに言った。かえでとは、麻布十番の飲み屋のおかみである。菅原はあれ以来、すっかり常連になってしまっている。

「なんだか、目的が違うのではないのか」

吉右衛門は疑わしそうに菅原を見た。

結局、その夜のうちに、吉右衛門もいっしょに麻布十番の〈よしの屋〉に来てしまった。

「あら、菅原さん。今日も？」

「うん。三日に一回はおかみの顔を見ないと落ち着かなくてな」

酒好きなら必ず言うような冗談を、澄ました顔で言う。ということは、三日とあけずに、訪れているらしい。吉右衛門なら酒代が不安になるが、神社の菅原には正月に飛び込んでくるお賽銭《さいせん》という必殺技がある。たいがいのつけは、それで帳消しにできるのだ。

「菅原、おぬし、いいのか？」

「なにがだ」

「神に仕える身で不埒《ふらち》ではないのか」

神社は寺ほどに面倒な戒律は少ないが、それにしても通い過ぎだ。

「吉右は、こういうときに限ってそんなことを言う。嫌なヤツだな」

菅原は絶円とかえでの仲が気になって仕方がないのだ。

先日も、たまたま吉右衛門がいっしょだったとき、それとなく訊いたりもしたが、

「絶円様は仏にお仕えなさっていた身でした」

と、そっけない返事だった。

「ただ、あたしが絶円様と知り合ったのは、得度なさる前でしたから」

「えっ」

吉右衛門と菅原は思わず顔を見合わせた。

絶円が曹渓寺の住職としてやってきたのは、十五年ほど前である。それ以前のことについては、聞いたことがなかった。

「武士でしたよ」

「そうだろうとは思っていた」

だが、それ以上のことは訊きにくい。その話はそれから進んでいないという。

しかも、この日はそれどころではない。

いままでの話をかえでに打ち明けた。岡っ引きや同心のほうの名は出していないが、ひどい目に遭っているおさきの名は、そのまま伝えた。でないと、ややこしくなる。

「まあ、バチを当てるのね」

かえでは嬉しそうな顔になった。あの絶円と気心を通じ合わせるくらいの人なら、この反応は意外ではない。正義感もあれば、茶目っ気もある。

「いいわよ。あたしにやれるなら」

と、ひきうけてくれた。

しかも、意外なつながりもわかった。

「紅花堂の隣の呉服屋の手代で弥平《やへい》さんという人は、ここの常連ですよ。聞いておきましょうか。紅花堂のようすをさりげなく？」

「それはありがたい。いや、待て。その場にいれば、聞くべきこともさりげなく伝えたりできるのだがな」

と吉右衛門は言った。

「それなら、来たときに千佳を使いにやらせますよ」

千佳は娘の名である。母親も若いころはこんなふうだったかと思わせるほど、しゃきしゃきしている。

「そりゃあ、ありがたい」

ここから曹渓寺までなら、若い者の足ならすぐである。

「吉右衛門のところだけか」

菅原が不平を言った。

「それは仕方あるまい。三田の台地の上まで千佳ちゃんを走らせるわけにはいかんだろう」

「うーん。それではしょうがないな、これからは毎晩、ここを覗くことにするか」

「なんだな」

吉右衛門はあきれた。菅原はすっかりかえでにご執心《しゅうしん》らしい。

その機会はすぐに来た。

翌々日。日暮れてすぐに、千佳が曹渓寺まで知らせに来た。行ってみると、菅原はもうちゃんと手代の隣に座っている。

弥平という名の呉服屋の手代は、小柄だがきびきびした感じで、いかにも大店《おおだな》の手代といったふうである。細かいことにうるさくて、酒を温めるちろりも盃《さかずき》も、自分のものでないと嫌がる。そのため、ちろりと盃を持参してくるほどだった。

「そうそう。弥平さんのところの、隣に紅花堂って小間物屋がありますね。あそこの若旦那はいい男ですよね」

かえではうまく話しかけた。

「やっぱり、そう思うかい。どうも、女はあの手の顔に弱いんだねえ」

「もともとどこかの大店の次男坊かなにかですか？」

「それがちがうのさ。あの人は孝太《こうた》さんといって、元は行商人さ」

弥平の顔に、その若旦那を見下すような表情が浮かんだ。

「あら、そう」

「このあいだまで、紅花堂の品物を卸してもらい、行商して歩いてたんだぜ。ところが、あの店の娘のお絹《きぬ》さんが、惚《ほ》れこんでしまったってわけ。なにせ、あんたも思うように、あの人はいい男だから」

若いおかみの名は、お絹というのだ。

「男が乗った玉の輿《こし》だね」

と、かえでが言った。

「でも、商いの目は確かみてえだ。あの若旦那が入ってから、売上はずいぶん伸びたっていうもの」

「そりゃあ凄いわね」

「もともと身体が丈夫じゃなかった前の旦那とおかみさんは、喜んで隠居しちまったさ」

「じゃあ、なにも言うことなしだね」

「ところが、老舗《しにせ》っていうのはそう簡単なものじゃねえ」

弥平は皮肉っぽい笑みを浮かべた。

かえでは長年、店をやりくりしてきただけあって、さすがに聞き上手である。吉右衛門や菅原も指図の必要はなく、必死で聞き耳を立ててるだけでよかった。

「だって、あの三軒はもともと親類同士のうえに、ほかの二軒の若旦那もお嬢さんと結婚したがっていたのさ。だから、内心のねたみ、やっかみときたら、相当なもんだと思うよ。干渉されたり、見張られたり、あの若旦那は外出だって勝手にできねえくらいだもの」

「まあ、かわいそう」

「内心では、とんでもねえところに入ったと思っててんじゃねえのかい」

こうした話に、吉右衛門と菅原はうなずきあった。

もし、あの若旦那に、死体を見せる必要があったなら、外出もままならない若旦那に、ああやって死体を見せることも考えたのではないか……。

五

「大丈夫。絶対、行きますから」

と、かえでが太鼓判を押したとおり、紅花堂のお絹は、バチ当て様にやってきた。昨日、かえでは氷川神社で待ち伏せし、なにげない調子で話しかけた。その翌日の早朝には、吉右衛門がようすを見に来たすぐあとに、お絹は三田の台地まで上ってきたのである。かえでがどう言って吹き込んだのかはわからないが、きっぱりした話し方に、つい説得されてしまうのかもしれない。

とはいえ、お絹は子どものように願いごとを口に出したりするわけがない。

そこで、菅原はまたも、悪智恵を働かせたのである。

「わしにいい考えがある」

「どんな？」

「まあ、見ていてくれ」

菅原は本堂のほうからほうきを片手に、バチ当て様のほうに近づいていき、

「願いごとですかな」

と、すっとぼけた顔で声をかけた。

「はい」

「ここのバチ当て様はな、言葉でお願いするより、文字にしてお願いするほうが、霊験あらたかのようですぞ」

「文字にですか」

お絹はためらいを見せた。あとに残すのは嫌なのだ。

「なあに、その願文は絶対、誰にも見られない。なにせ、その願文は、この場で燃やし、その煙を天に届くようにすればいいのだから」

そんなことを言った。

大事に育てられたお嬢さまである。もっともらしい菅原の言葉を簡単に信じ、お絹は紙に願いごとをつづった。

「できるだけ詳しくな。バチ当て様も事情を知らないと、バチを当てようがないからな」

こうして書かせた願文を、菅原はくしゃくしゃに丸めて火をつけた。

ところが――。

わきから見ていた吉右衛門は、菅原の悪智恵にあきれ返ったのだが、これはもとから用意しておいたくしゃくしゃの紙で、お絹が書いた紙は、さっとたもとに入れてしまったのである。

菅原は祈りの言葉をつぶやきながら、火をつける。

紙は油でもにじませておいたのか、勢いよく燃え、たちまち灰になった。

「さあ、これでそなたの祈りは天に届いたぞ。あとは吉報を待ちなされ」

「ありがとうございました」

お絹が帰ると、菅原と吉右衛門は飛びつくようにお絹の書いた紙を開いた。

「どれどれ……あまり字はうまくないな」

「余計なことはいい」

「あわてるな……うちの孝太さんは昔、源三《げんぞう》という男といっしょに行商の仕事をしていました。ところが、孝太さんが紅花堂の若旦那におさまったことをねたみ、金を強請りに来ていたのです。でも、その源三はぱったり来なくなりました……」

「松の木に吊るされたのがその源三だな」

と吉右衛門はつぶやいた。

「……ところが、今度は池永という人が現われ、孝太さんを強請るようになったのです。池永という人は顔はにこにこして人がよさそうに見えますが、孝太さんは源三よりももっと怯えているのです。どうか、あの池永にバチを当てて、紅花堂に来なくなるようにしてくださいませ。恐惶謹言……」

願文はそこで終わっていた。

「おい、吉右。あの松の木に吊るされたのが源三だとすると、実際にあそこに住んでいた若くてようすのいい男っていうのが、若旦那の孝太なんだろうな」

「おそらくな」

「確かめることはできないか」

「それはできるさ」

隣の藁《わら》細工職人の太助は、顔を見ていると言っていた。

太助は曹渓寺の檀家である。寺との結びつきは強く、吉右衛門の頼みを断ることはしない。

「へえ、こっちの町はこんなふうになってるんだね」

太助は坂の上に来たのは初めてなのだ。高台から自分の店のあたりを見て、面白がったりした。

「あっしらは、下の町のほうだけで生きているんで」

「そういうものさ。上のヤツラは下を歩くのは平気でも、下の人間が上のほうを歩くのはなんとなく気が引けたりする」

と、吉右衛門が言った。以前から薄々は感じていたことだが、今度の一件でつくづく思ったことである。

紅花堂の前まで来て、吉右衛門はさりげなく足を止めた。店の正面は畳でいえば八畳ほどありそうな、花模様を染めた紅色の大きな垂れ幕で覆われている。このため、中は横から覗くようにしないとわからない。

「さあ、怪しまれないようによぉく見てくれよ。帳場のところに、縦縞の着物を着たいい男が座っている。隣に住んでいたのは、あいつじゃなかったかい」

太助はじっと目を凝らし、

「ああ。あいつだ。あの、眉毛がすっと長いところ。間違いねえ」

自信たっぷりにうなずいた。

これで、連中の関わり合いは、あらかた見えてきた。

六

江戸の愛宕山は、徳川家康がここに火伏せの神を祀《まつ》ったことでも知られる。市中いちばんの高さで、芝の海はもちろん、四方を見下ろすことができた。もちろん、江戸っ子たちにも愛され、頂上にはこのところ、水茶屋も多く立ち並んでいる。

周囲は緑が多く、風が爽《さわ》やかである。

江戸の空を飛びまわる鳥にとっても、ここは目立つところなのだろう、さまざまな啼《な》き声が木陰から聞こえていた。

「なんだ、こんなところに連れて来て？　話ならどこでもできるだろうが」

貫吾郎にそう言ったのは、丸山孫太郎である。いくらか機嫌を悪くしているらしい。

「まあ、そう言うな。高いところに来れば、気持ちも大きくなる」

「おれはどこにいてもでかいつもりだがな」

「話というのは、あの両国橋のことだ。あんなことはよせ」

「よせだと」

「そうだ。橋など崩して何になる?」

「馬鹿。橋だけではないぞ。もっといろんなものを、崩したり、壊したりするのだ」

「大勢の人が死ぬ」

「当たり前だ」

けろりとして言った。

「何のために? そんなことはちっともでかいことではないだろうよ」

貫吾郎がそう言うと、丸山は、

「あっはっは」

と、大声で笑った。まわりにいた見物人が、あきれた顔でこっちを見た。

「そうか。おぬし、そんなこともわからぬのか。おれはな、もう一度、戦国の世をつくるのだ」

「戦国の世?」

「そうだ。いまの武士たちの体たらくは、おぬしも嫌というほど感じているだろうが。なぜ、われら武士たちが、いじましく、小さく生きていかねばならないのだ。敵と戦い、馬で大地を駆け回ってこそ、武士ではないか。おぬしだって、この前、そう言っておったではないか。戦国の世に生まれたかったと」

「………」

確かにそう言った記憶がある。いや、それはつねづね口にしていた。こんな面白くもない世の中なら、戦国の世に生まれたほうがましだったと。

だが、まさか、そんな時代を本気でつくろうとする男がいるとは……。

「橋を落とす、火をつける。江戸は無茶苦茶になる。江戸は混乱し、将軍の治世は問われ、やがて新たな勢力がわきあがってくる。あっちから、こっちから。それこそ、戦国の到来ではないか」

「………」

貫吾郎は丸山の目を見た。澄んでいて、遠く一点を見つめている。

「おれはてっきり、おぬしは手伝うと思ってたのに」

丸山は心底、がっかりしたように言った。急な崖の手前に、アジサイの一群があり、青い花が咲きつつある。その花に手を伸ばし、いくつかを引きちぎった。

「生憎《あいにく》だったな」

貫吾郎はそう言って、海のほうを見た。空に雲はあるが、高いところに霧のように広がっている。充分な光が降りそそいで、海も青く光っていた。

「ほう。では、お前は何がしたい。言ってみろ」

「それは……」

わからないのだ。だが、大きなことをしたい、大きな生き方をしたい、大きな人間になりたいという願いは嘘ではない。

「口では大きなことをやりたいと言いながら、何もやれないのか」

丸山の言葉が怒りを帯びてきた。

「おれは……」

「だから、おれに手を貸せ。手を貸したほうがいいぞ」

「それはどう考えてもできない。悪いな」

「がっかりだな」

「今日、ここに来たのは、ここから大きな景色を見せて、おぬしのしようとしていることが虚《むな》しいと気づかせようと思った」

貫吾郎は何歩か進んで崖っ縁に立った。それ以上、進まないよう植栽があるが、せいぜい膝あたりまでである。目の下は吸いこまれそうな絶壁だった。左手は、曲垣平九郎《まがきへいくろう》が馬で駆け上がったと伝えられる急な石段である。もしも、丸山に背中を押されたら、貫吾郎は真っ逆さまにこの崖から転がり落ちる。

「高見。それは生憎だったな。おれは以前、ここに来て、さっき話したことを決意したのだ。ここから見る人間の小さいことにあきれ、あんなアリみたいな連中は踏み潰してでも、おのれの野心を達成すべきだと思ったのだ」

「そうだったのか……」

同じ場所で、丸山と貫吾郎はまるで違う方向に目をやったようなものである。だが、たしかに、ここから見る地上の人間たちは、右往左往するアリにも似ていた。

「おぬし、そんなこと一人で実現するつもりか」

「いや。一人ではできぬさ」

丸山はそう言って、ちらりと横を見た。

目元がかすかに動き、何か合図を送ったような気がした。

その方向にいたのは、派手な縫い取りをした羽織を着た武士だった。倹約をうるさく言われているときに、あんな着物を着て歩くヤツもいるのかと、貫吾郎は驚いた。

だが、武士はそっぽを向いている。あれが丸山の仲間なのか、確信はない。

「おれは、おぬしが味方に入らぬというなら、殺そうかとも思った。だが、今日はやめておく。しばらく、黙って、おれのやることを見ていろ。加わりたくなったら、いつでも入れてやるさ」

丸山はそう言って、急な石段を怖がりもせずに駆けるように降りていった。

――本気だとしたら、いつ、やる気なのだろう。

貫吾郎は愕然としたまま、芝の光る海を見つづけていた。

七

「あの若旦那はただの行商人じゃない」

と、吉右衛門が言った。絶江坂の上である。いまは止んでいるが、この数日、降った雨で渋谷川の水嵩《みずかさ》が増え、その水音が坂の上まで聞こえていた。川幅が狭い渋谷川は雨がつづくと、かなりの激流になる。

「ああ。わしもそう思う」

菅原もうなずいた。

「あいつが住んでいた家は、まだ借り手が見つからない」

「だろうな」

あの庭で人が死んだという噂は、近所中が知っている。ましてや古く、中途半端に広い家である。なかなか借り手がないのは無理もなかった。

「菅原。あの家に潜り込んでみようぞ」

「潜り込む？」

入るのは簡単である。戸など開いているし、見張っている者もいない。

「人が暮らせば、いろんなごみが出る。それを全部、きれいに片付けるのは容易なことじゃない。だが、そのごみは必ず、ごみを出したヤツの暮らしぶりや好きなもの、嫌いなもの、したいこと、したくないこと、さまざまなことを物語ってくれるのだ」

それは、討ち入りの前の下調べでも痛感したことだった。吉良邸から出る紙くずによって、茶会の予定や交友関係など、さまざまなことがわかったのである。

「よし、やろう」

吉右衛門と菅原は、もう一度、忍び込んだ。

中は瀟洒なつくりである。隠居が炊事などをする小女とでも住んだのか、玄関わきに三畳間があり、奥に六畳と四畳半があった。四畳半のほうは、茶室のようになっていて、だいぶ荒れてしまった庭が、丸い窓から眺められた。

手がかりは、六畳のわきにある押入れの隅にあった。

「菅原、これを見ろ」

吉右衛門がつまんだのは、残していったごみである。化粧品でも入れたらしい小箱がいくつか落ちていた。どこかしらつぶれていて、使いようもない。その小箱のほとんどには紅花堂の文字が入っていたが、一つだけ、

「深川永代寺門前町・三原屋《みはら》」

と書かれたものがあった。着物の柄にもなりそうな青いりんどうの印が押された、小粋な箱である。

「深川か……」

深川なら、定町回り同心の池永清兵衛とも結びつく。

「吉右。行ってみるしかないな」

「ああ」

日にちはどんどん翔《か》け去っていく。のんびりしているゆとりはない。

翌日――。

どんよりと曇った空の下を、吉右衛門と菅原は深川に行った。今日は舟を使った。船頭に永代寺門前町という町名を告げると、すぐにそこへ連れていってくれた。

「この前の苦労とは大違いだ。あんときは、雨の中、見失うまいと、必死で走り、くたび

れ果てたもんだったよ」

吉右衛門は、お気楽な顔で景色なんぞ見ている菅原に、嫌味を言った。

門前町はまさに永代寺の門前で、とくに寺内にある深川八幡の二の鳥居を中心に左右に広がっていた。

同じ江戸でも、ここらは麻布や高輪とはまったく違う雰囲気だった。

武家地が少ないこともあり、町人の数が多い。

狭い路地に家がびっしりとひしめいている。屋根は瓦葺きか板葺きがほとんどである。まれに蠣殻《かきがら》で葺いた家もある。麻布界隈はむしろ茅葺がほとんどである。

水辺の風景が独特のたたずまいを見せる。水面に家並みや木が映っている。風が吹くと、その光景がさあっと揺れたり、光ったりした。

坂はまったくない。歩くのに楽だが、雨の季節なので水はけが悪い。水溜りを避けているのに、草鞋はじっとり湿ってきた。最近、出水でもあったのか、道のわきには波に打ち上げられたようなゴミも溜まっていた。

食い物屋がやたらと多い。

「吉右、うまそうな匂いだな」

「やめておけ。ハエが多いから、深川の食い物は当たりそうだぞ」

「名物なら大丈夫だろう」

　吉右衛門と菅原は、そんなことを言いつつ、「小間物を扱う三原屋」を探し歩いた。

「ああ、三原屋さんはねえ……」

大島川の前で八幡様のお守りや土鈴などを売っていた婆さんが教えてくれた。子どもの着物を着ているのだろう、小柄なのに膝から下が丸見えになっていた。金魚柄の、子どもが着ればかわいい代物《しろもの》である。

「つぶれちまったよ。ほれ、そこにある大きな店だったんだけど」

指差したのは、二軒ほど隣の家である。空き家になっているが、確かに広い間口のきれいな家だった。

「つぶれたのかい？　いいもの売ってたのになあ」

と、吉右衛門が鎌をかけた。

「ああ。商売はうまくいってたのに、一度、盗人に入られてさ。誰も殺されたりはしなかったけど、お金はあらかた盗られたらしいよ。それからいっきに傾いてしまったよ」

「盗人……」

吉右衛門は菅原を見た。その菅原が、

「つかぬことを伺うが、この店には年頃の若い娘さんはいなかったかね」

と訊いた。

「いたよ。素直な娘だったが、その泥棒騒ぎや、なんだか失恋が重なったりしたらしく、店を畳むころには見る影もないくらい、痩せこけちゃってたね」

婆さんは芝居の筋でも語るような調子でそう言った。紅花堂でもこうなることはありえたのではないか。

「ところで、調べに当たったのは、もちろん池永の旦那だろ」

と、吉右衛門は、店頭の土鈴を買うようなしぐさをしつつ、訊いた。

「そうさ。仏の清兵衛と呼ばれているが、捕り物は名人らしいね。もっとも、この事件の下手人はまだ、あげてはいねえみたいだが」

「そうかい、いろいろありがとよ」

そう言って、吉右衛門は土鈴を置いた。うさぎを型取ったなかなかかわいいものである。

「なんだい、あんたたち。八幡様と永代寺の縁起物を買わない気かい」

婆さんが顔をしかめながら文句を言った。

「悪いな。おれたちのところも、寺と神社なんでな」

と吉右衛門は笑った。

帰りの舟の中で、

「だいぶわかってきたな」

と、菅原が言った。帳面を開いている。これに今度のことを書き込み、考えを整理しているのだ。

吉右衛門はそれをわきから覗き込んだ。

「最初から順序立てて考えないとな」

二人があれこれ検討して、どうにかまとまった事件の謎はこうである。

殺人の現場の空き家に以前、住んでいた若い男・孝太は、盗人であり、殺されたのはその相棒・源三だった。

美男である孝太は、化粧品を売ってまわる仕事をしながら、江戸中の大店を物色していた。得意の手口は、そこの娘を籠絡《ろうらく》し、押し入るのに必要な情報を得ることだった。麻布の大店でもその手口は成功し、大金を盗み出そうとしていた。

だが、孝太はその店の娘と本気の恋仲になってしまい、店の主人からも請われて婿に入ってしまった。

面白くないのは相棒の源三である。

それまでの金も使い果たすと、若い孝太を強請りはじめた。

この二人にひそかに目をつけ、ずっと探っていたのが、深川の定町回り同心、仏の清兵衛こと、池永清兵衛だった。

清兵衛は、麻布で悪名を轟かせていた岡っ引きの千蔵と結託し、孝太から金を強請るため、源三の殺しを請け負った。

「孝太が頼んだのかのう……」

と吉右衛門は首をかしげた。ここらは当人でなければわからない。

「わしはちがうと思うな。むしろ、清兵衛たちが強引に孝太を脅すための口実をつくってしまったんじゃねえかな」

「ああ、それはありうるな」

「お前を助けるためにやったことだと、相手を追いつめていくのは、悪党たちの得意技だ」

相棒を確かに殺したと証明するため、死骸を大店から見えるところに引き上げたというのが、うどん屋の喜兵衛が見た光景だった。

喜兵衛は運悪くそれを見てしまい、騒いだために第二の犯行が起きた。

「何が仏の清兵衛だよ」

菅原は思わず舟の縁を手のひらで叩き、船頭にじろりと睨まれた。

「菅原、そういうもんさ。まともな神経をしていたら、ああ、いつもニコニコとはしてられねえ。ああいう顔のヤツこそ危ねえのさ」

これでバチを当てるべき相手ははっきりした。仏の清兵衛。岡っ引きの千蔵。それに紅花堂の孝太。だが、首尾よくやれるのか。

もう、討ち入りのときのような仲間は誰もいない。智恵はたしかに回るが、棒のような身体の菅原がいるだけである。ジジイ二人が、相当な悪党に立ち向かわなければならない。しかも、連中は奉行所という権力の側にいる。

「おさきちゃんはまだ来てるかい?」

と、吉右衛門は訊いた。

「来てるさ。毎日、必死で祈ってるよ」

「では、教えてやったほうがいいのではないか」

女郎になると決めたなら、自棄《やけ》っぱちになりがちである。もともときれいな娘で、声をかけてくる男も多いはずだ。ここでさらに悪い奴に引っかかったりすれば、事態はもっとこじれてしまう。最後まで希望を捨てさせないため、菅原に手を打ってもらったほうがいい。

「そうだな」

この日の夕方、菅原は、バチ当て様の祠の裏にまわって、おさきが来るのを待った。

おさきはこの日もやってきて、一心不乱にバチ当て様に祈りを捧げた。

その途中、目の前にひらひらと小さな紙が舞い降りてきた。ふいに降りてきたものだから、上空から落ちてきたように思ったはずだ。

おさきは紙を開くと、目は輝き、涙があふれた。

「ありがとうございます。バチ当て様！」

紙にはこう書かれてあった。

「その祈り、叶えよう。身を大切にして、待て」

八

いっとき、このまま夏に入るのかと思われたが、また冷え冷えする小雨の降る日がつづいた。吉右衛門の妻のおせんは体調を崩し、三日ほど寝込んだ。

アカはまだ子育てが終わらないらしく、吉右衛門が墓場にいても、やってくることはない。なんとなく寂しいものである。

いよいよ仏の清兵衛と千蔵に鉄槌を下さなければならない日が近づいてきた。そのためには、まだまだ体力を回復させなければならない。

あとの気がかりは、上杉の刺客である。

本当に放たれたのか。

この前、ふと予感したように、それは忍びの者のように、思いがけない手段で襲いかかってくるのか。

じつは、この数日、気になることがある。

そのひとつは、毎朝、門前にやってくる納豆売りだった。

おせんによると、この納豆売りが急に替わったというのである。

「前のおやじの倅《せがれ》かい？」

「いや、違うようですよ」

その納豆がお膳にある。ねばねばになるまで、何度もかき混ぜるのが、吉右衛門の癖である。

糸のひき方が、いつもより少ない。

——おや？

と思いながら口にした。

「あっ」

納豆が変な味がした。いつもはなかった渋味を感じた。

急いで外に飛び出し、口の中の納豆を吐き出した。

「どうしたんですか、急に？」

おせんが妙な顔をして訊いた。自分も納豆を口にしている。

「食うな。味が違うぞ」

「そりゃあ、納豆売りが違えば、味も違いますよ」

「なんともないのか」

「ええ。別に」

平然と食べている。毒ではないらしかった。

もう一件――。気になることがあった。

五日ほど前、曹渓寺で葬儀がおこなわれた。亡くなったのは、新しく分家をした旗本の家で、その分家したばかりの若い当主である。心ノ臓の発作だったらしく、突然の死だった。若い後家が残され、その後家が毎日、墓に来て泣きつづけるのである。

墓は見晴らしのいいところと願われ、絶江坂を見下ろすところにつくった。いつも、吉右衛門が一仕事終えて、休むちょうどそのあたりである。

ここで、ずうっと、押し殺した声で忍び泣くのである。

その嘆《なげ》きぶりは、異常に思えるくらいだった。

後家は美貌だった。はかなげな美しさだった。

一句詠もうかと思わせるほど、感興をかきたてる嘆きようだった。だが、その悲しみの光景を五、七、五におさめるのは、吉右衛門には難しかった。

さらに、こう思ったりしたのである。

――もしかして、あの女、くの一ではないか……。

と。後家に扮した美しいくの一に突如、襲われたとしたら、吉右衛門はとてもかわす自信はない。

だが、一方で、こうも思うのだった。

――もしも、あの女が刺客だったら、見事な芝居に敬意を表して、討たれてやってもいいではないか……。

第四章　暗がりの鬼

一

金杉川の河口近くで、貫吾郎は朝から丸山孫太郎の舟を見張っていた。

船着場に繋留《けいりゆう》されたその舟は、船尾に入れられた下駄の歯の跡のような焼印ですぐにわかった。

満潮らしく、潮の香が川面から強く立ち上がってくる。ときおり鯛のような大きな魚影が、水面下を凄い速さで走った。

丸山とは、もうずっと会っていない。家を訪ねたりもしたが、このところ家にも帰っていないという。顔見知りになっていた丸山の母も心配していて、

「あなたもご存知ないのですか？」

と不安げな顔を見せられた。優しげな人だが、丸山からは、「あれは実母ではない」と聞かされていた。

「あの子は何を考えているのかわからないところがあって……」

「そうですか」

「通っていた道場もやめてしまったみたいで」

「知りませんでした」

愚痴がくどくなりそうなので、慌てて退散した。

――まったく、どうなってるのか。

舟を見つめたまま、ため息をついた。

こんな貫吾郎を、古くからの友人たちが見たら驚くはずだ。何かをじっと待つ貫吾郎など想像もできまい。何かあれば、まずは動いた。見当外れだろうが何だろうが、身体はいつも、動くことを欲している。歩くよりは走る。眺めるよりはまずそこに行く。自分でもこうして待ちつづけている自分が意外である。

だが、いまは丸山孫太郎が姿を現わすのを待ちつづけるしかない。

――なぜ、あいつのおかしなところを見抜けなかったのか。

一時は、いいヤツだなんて思ったのだ。あいつは間違いなく、とんでもないことをしようとしている。どう考えても、あいつのやろうとしていることはおかしい。たとえ戦国の世であっても、城を攻める前に民百姓を殺すような戦さをした武将がいたか。あいつがしようとしているのは、そんなようなことだ。

ひっきりなしに荷船が通る。金杉川は川幅がそう広くないので、船同士がぶつかりそうである。

荷船の船頭同士で、

「おい、もうすぐ両国川開きだな」

「今年の花火は凄いらしいぜ」

と声をかけ合うのが聞こえた。両国川開き……。

——まさか。

貫吾郎は立ち上がった。

去年、道場の友人たちと、川開きを覗きに行った。当日ではなく、川開きから三日目だったが、それでも凄い混雑だった。身動きすら取れない。身体がつぶされるほどの圧力を感じたりもした。掏摸《すり》が巾着を盗ったはいいが、人混みから抜けられずに捕まったという話も聞いた。もしも、川開きの当日に、橋が崩れるようなことがあったら、どれほどの死人が出るだろうか。

矢も盾《たて》もたまらず、走り出した。

金杉橋を渡り、まっすぐ行く。ここは東海道である。どんどん人が増えていく。芝口橋を渡ったあたりから、今日は祭りでもあるのかと思うくらいの混雑になってきた。麻布あたりがいかに田舎かを実感する。

日本橋を渡ってから右に折れる。だいたいの見当である。江戸の北のほうは滅多に行ったことがない。この前は、丸山の舟に乗せられ、右も左もわからないまま、両国橋の下まで行った。だが、要は大川に出て、川沿いにさかのぼればいいのだろう。

案の定、誰にも訊かなくても、両国橋に辿《たど》りついた。

永代橋や新大橋はよく渡るが、両国橋はたまにしかない。ここの広小路というのは、いつもこんなに人出があるのかと呆れてしまった。

その両国橋の上に立ち、下を眺める。

橋の上というのは、よく揺れるものである。いくら頑丈につくっても、所詮、木組みであり、川の流れや潮が足元をさらい、上を大勢の人が動くのだ。その重みや力が、ゆっさゆっさと橋を揺する。正直、貫吾郎ですら怖いくらいである。

川開きの夜は、大勢の人々がこの上に集まるだろう。

その重みに加えて、丸山がおこなった細工で橋脚が折れるようなことがあれば、いったいどれだけの人が下に放り出されるのか。

逆に、それほどの人目のなかで、そんなだいそれた犯行ができるものなのか。あいつの妄想のようなものではないのか。

やたらと大言壮語したがるヤツには、これまで何度もお目にかかってきた。丸山がそんな類《たぐい》のヤツであったほうが、いまはありがたい。

橋の手すりから身を乗り出すようにして下を覗き込むが、橋桁はかなりの高さがあり、しかもちょうど死角に入ってしまって、上から見てもわからない。そのうち、橋番がやってきて、

「橋の上で立ち止まるな。ほら、行って、行って」

犬でも追うように、追い払われた。

――やはり、この前のように舟で橋桁に近づき、どれくらい損傷しているのか、じっくり確かめる必要がある。

貫吾郎が舟を見張り始めたのは最近である。丸山はあの後もしばらくは橋桁に斬りつけていたはずなのだ。それなら、橋桁はさらに抉られているだろう。

そう思ったが、貫吾郎は舟が漕《こ》げない。猪牙舟を雇うか。だが、橋桁の傷をしらべたりすれば、船頭に怪しまれて、面倒なことになる。

一瞬、泳ぐかとも思った。だが、貫吾郎は剣のほうばかり熱中し、泳ぎはそれほど得手ではない。どう見ても深そうだし、流れもある。泳ぐのは諦めた。

——いっそ、橋同心にでも訴えるか。

そう思ったとき、

——ジジ殿が……。

なじみ深い顔を思い出した。

吉右衛門が上手に舟をあやつって、川を下るのを見たことがある。まだ小さかったときは、乗せてもらって、海に出たこともあったような気がする。

だが、ジジ殿はもう七十三である。そんな年寄りを、こんなところまで漕がせるのは酷だろう。

——いや、漕ぐのは自分で、ジジ殿は指図さえしてくれたらいいのだ。

そう思って、吉右衛門に頼みにいくことにした。

二

孫の貫吾郎に、

「ジジ殿。舟の稽古を見守ってくれ」

と言われ、吉右衛門は付き合ってやることにした。さいわい、この日は葬式なども入ってなかった。例のバチ当てのほうも、謎はほぼ解明し、あとはヤツラをおびき寄せるばかりである。舟は、貫吾郎の友人の家のものだという。いつでも使っていいと言われているのだそうだ。

稽古とはいっても、貫吾郎は舟を漕ぐのはほとんど初めてらしく、やたらと櫓《ろ》を漕ぐのに力が入った。

「そんなに力を入れずとも。ゆっくり、ゆっくり」

「こうか」

「そうそう。右に寄るときは、櫓を左に寄せて」

「あ、寄った、寄った。そうか、逆はこうだな」

さすがに勘はいい。すぐに舟の原理を体得してしまった。

「貫吾郎、どこまで行くんじゃ？」

「両国橋あたりまでいきたいんだ」

江戸湾に出て、お浜御殿の前を横切るあたりでは、すっかりこつを摑んでいた。

梅雨の合い間の晴れで、空は真夏のように青く晴れあがった。視界いっぱいに、空と海の深みのある青色が広がっている。川風海風も心地いい。このところ、おさきのことや上杉の刺客のことで気が重かったが、広々とした眺望に鬱屈《うっくつ》も吹き飛んでいくようである。

「気持ちがいいのう、貫吾郎」

「そりゃあ、よかった。気持ち悪くなったりされたら、どうしようと思った」

貫吾郎は優しいところがある。

「やっぱりジジ殿はいいな」

前方を見ながら、照れ臭そうに言った。

「なにがじゃな」

「うちのおやじに舟の稽古をするなどと言おうものなら、なんでそんな危ないことをするだの、お前が舟の稽古をして、どんな得があるだの、うるさいことを言うばっかりだ」

「そうなのか」

「そうさ」

子どもの顔である。身体だけが見る見る膨らむように大きくなった。

「そりゃあ、きっとわしも貫吾郎と同じようなヤツだったからじゃな」

「ジジ殿が?」

貫吾郎が意外な顔をした。

「ああ。軽輩のくせして、剣術を習ったり、俳諧をやってみたり、ちと変わり者だった。わしをどういうわけか堅物のように思っているヤツもいたが、見込み違いだ。自分の居場所がうまく見つからず、うろうろと、あっち行ったり、こっち行ったりしていた。居場所をうまく与えてくれたのは、大石様だけだったかもしれぬ……」

最後のほうはひとり言のようになった。

貫吾郎には討ち入りのことを話したこともないし、なぜか話す気にもなれない。おかしな教訓話にはしたくないという気持ちがあるからだろう。討ち入りのことは短くまとめたものを長男の家に預けてある。やがて、それを見たいという者も出てくるかもしれないが、自分が生きているあいだは、公表する気はない。大石様たちも、事実を伝えることは望んだだろうが、それを誰彼かまわず広く伝えることなどむしろ嫌がったはずである。

江戸湾から大川へと入っていく。

船首のほうに腰かけながら、やがて吉右衛門は内心で貫吾郎の姿に、大石内蔵助の長男、主税《ちから》の姿を重ねていた。

主税は討ち入りのとき、わずか十五歳だった。だが、裏門組の隊長として、立派な働きを示した。真っ暗い吉良邸に飛び込んでいったときの、少年ぽさの抜けない甲高い叫び声は、いまもはっきり耳に残っている。

「吉良殿、お出なされ。吉良殿、お出なされ……」

貫吾郎がいま真っ只中にいる、迷いの季節すら迎える前に、主税は命を散らしてしまった。哀れと言ってはいけないが、どうしても胸がつぶれるような思いがしてしまう。

大石主税は背が高かった。あのころですら、五尺七寸もあった。

貫吾郎も五尺八寸あるが、主税もあと二年生きていたら、同じくらいの背丈まで伸びたことだろう。

「ジジ殿、気分が悪くなってきたか」

貫吾郎が心配そうに覗き込んでいた。

「いや、そんなことはないぞ」

にっこり笑って見せる。つい、ぼんやりしてしまったらしい。

新大橋を過ぎ、やがて両国橋が見えてきた。

下から見ても、今日も多くの人出があるのがわかる。

貫吾郎は橋桁のところで、舟を止めた。

「ここで引き返すのか？」

「ああ」

と言いながら、貫吾郎は橋桁のあたりをじっと見ている。

おかしな気配である。

「どうした、貫吾郎？」

「うん。じつは……」

と言って、貫吾郎は橋桁の一部を指差した。

吉右衛門はそこを見て、眉をひそめた。

「これは……」

橋桁の木が切られ、えぐられている。斧《おの》でも入れたように、大きく削られているところもある。刀でやったなら、角度を変えて何度も切りつけたりしたのだ。

満潮時には水がもっと上までかぶるのでわからないあたりである。だが、いまは干潮時で、ちょうど水面の上がそんなふうに傷ついているのが見える。

「どうした、これは？」

吉右衛門は静かに訊いた。

まさか、貫吾郎がやったのではあるまい。暴れん坊でいい子の枠にはおさまっていないが、こんな悪戯《いたずら》までするほど愚《おろ》かなのか。

「おれの知り合いがやったのだ。これで両国橋が崩れたら面白いなどと言っている」

「なんだと」

「だが、本当に崩れるものなのか。ただの大言壮語じゃないのか。確かめたくて、ジジ殿にも付き合ってもらった」

「そうだったか」

吉右衛門はもう一度、じっくりと見た。

橋桁の木は太く、しかも何本も使っている。傷ついているのは一本だけである。だが、一本が折れたりすれば、保たれている均衡が崩れることもありうるのではないか。

「崩れるかな」

「わからぬ」

正直、わからない。もし、船もろともぶつかったりしたら……。少なくとも、この一本の橋桁は折れるかもしれない。それが川開きの日のように、大勢の人が集まっていたりすれば……。危険な行為であるのは間違いない。

「貫吾郎、このままにする気か？」

「もしかしたら妄想ではないかという気持ちもあったけど、できるできないは別にしても、やるつもりなんだ。なんとしてもやめさせるよ」

「若いのか？」

「おれと同じ歳だね」

「それなら、それがいい。騒ぎだてするよりは」

どこかに訴え出てしまえば、もう取り返しがつかないことになる。未然に気持ちを変えられたら、何もなかったことにできる。やがて、その知り合いの若者も、後悔するときが来るはずなのだ。

「じゃあ、もどることにするよ」

貫吾郎は舟を返した。

すっかり舟の扱いを会得したらしく、帰りはすいすいと進んだ。若者の、というか貫吾郎の体力たるや、たいしたものである。

腕まくりをしているが、その二の腕の逞《たくま》しさといったら、見とれるほどである。

金杉橋の近くで舟を降りると、貫吾郎はすぐに、

「ジジ殿にお礼をしなければ」

と、かわいいことを言った。

「何の、礼などいらぬわ。それより、わしにも頼みがあるぞ」

「ああ。おれにできることなら何でもやるさ」

気軽に承知してくれた。

とりあえず、曹渓寺にもどり、本堂の裏に連れていった。

「頼みはこれだ」

と、軒下を指差した。

「あはは」

貫吾郎が笑った。

五匹の仔犬がアカのまわりをちょろちょろうごめいている。目はもう見えていて、ときおりやってくる人間を見上げたりする。

「こりゃあ、かわいいなあ」

「かわいいだろう。川に流すのは忍びないので、貰い手を探しているのだ」

菅原には否応なしに押し付けることになっている。おさきはやはり駄目だったが、おせんの知り合いで二人、飼い主が見つかった。吉右衛門も一匹は育てるつもりなので、あと一匹、飼い主を探している。

「どうだ、貫吾郎も一匹、飼ってくれぬか」

一匹つまんで、貫吾郎に抱っこさせながら言った。

「難しくないのかい？」

「難しくなんかあるもんかね。犬は人間などよりずっと逞しい。餌だけ、あげれば元気に育つ」

「犬はおれも飼ってみたかったんだ」

目を細めて、仔犬を撫でている。

「犬は忠実だぞ。この人があるじだと決めたら、一生、あるじとして付き従ってくれる。忠実過ぎて、こっちが申し訳ないくらいにな」

「そうなのか。まあ、どうせおれなんか家来が持てるような身分にはなれないだろうから、犬の一匹くらいは家来にしようか」

「おお、そうだ」

「そのうち、キジや猿も家来になってくれるかもしれないし」

「あっはっは、桃太郎だな」

冗談を言っている顔などは、お民が心配するような不良の顔など露ほども窺えない。とはいえ、お民が見たら卒倒するようなこともしでかしているに違いない。

「では、まだ親離れしていないので、あとひと月近くしたら、持っていってくれ」

「わかった」

「それと、貫吾郎。もうひとつ、頼みがある」

「ジジ殿、遠慮なんかいらないぞ」

「ちと、立ち合いの稽古をつけてくれぬか。だいぶ身体が鈍《なま》ってきたのでな」

三年ほど前までは、貫吾郎ともどうにか立ち合えた。

この三年のあいだの貫吾郎の上達ぶりといったら、あっという間に三段も四段も上に駆け上った。もちろん、吉右衛門のほうは老いと怠《なま》けた分、一段、いや下手をすると二段は落ちている。つまり、とてつもなく差が開いてしまっている。

だが、これほど腕の立つ稽古相手はまずいない。どんな刺客といえど、まともに立ち合ったら、貫吾郎に勝つのは難しいはずだ。

それくらいこの孫は腕が立つ。もし、この孫に勝てる男と考えると、吉右衛門はたった一人の男しか思いつかない。

堀部安兵衛。いまは亡き、あの男だけである。断じて贔屓目《ひいきめ》ではない。

「そんなことなら、お安い御用だ」

貫吾郎は笑った。

三

貫吾郎と吉右衛門は、渋谷川の川原に降りた。それぞれ木刀を手にしている。道場での稽古は袋竹刀《しない》というものを使うが、吉右衛門は木刀でいいと言った。

陽は斜めになりかけているが、まだまだ土手から川底までを照らしている。

川原は一面、葦《あし》など丈の高い草が生い茂っているが、四之橋の少し上に、砂地になっている場所があった。

「ここがよい」

と、吉右衛門が立ち止まった。

貫吾郎が向き合うと、すぐに、

「本気でかかってきてくれぬか」

と、吉右衛門は言った。

「本気でいいの？」

無論、貫吾郎は本気で打ち込み、一寸手前で木刀を止めることもできる。だから、本気でやれないことはないが、貫吾郎の本気の打ち込みを、下手に受けたら、腕が折れたり、骨にひびが入ったりする恐れもある。

だが、ジジ殿がそう言うからには、手抜きを許してくれたりはしないだろう。

「では、いくよ」

「よし」

対峙してすぐ、貫吾郎はひそかに目を瞠《みは》った。吉右衛門の構えはやはりたいしたものである。腕が落ちたとは言っているが、構えを見た限り、衰えは感じない。何より気合が凄《すさ》まじい。目は刃のような光を帯び、肩のあたりにはうっすらと炎が上がるような気配もある。これだけの気を発散する遣《つか》い手は、若者にはまずいない。すでに伝説のようになった元禄十五年のできごとを垣間見る思いもした。

「とぉっ」

貫吾郎は踏み込んだ。

いきなり本気の立ち合いになった。

斜めから打って出て、合わせようとする前に、回りこむように胴を狙う。吉右衛門はどうにかそれには合わせたが、貫吾郎は引きながら吉右衛門の手首を撫ぜるように撃った。

前にかけていた重心が、瞬時に後ろ足にもどり、予期できない動きになる。筋力もさることながら、猫のような動物を思わせる敏捷さである。

「手首が落ちたな」

「そうだね。次、いくよ」

居合いのように、斜めから繰り出す。これに合わせようとするが、合わせきれない。貫吾郎の振る木刀が、あまりにも速すぎるためである。

吉右衛門は合わせたつもりだろうが、木刀はすでにその両腕を撫ぜて、貫吾郎の腰におさまるところである。もちろん真剣なら、二の腕から先は、地面に落ちている。

「速い」

「そうだね」

貫吾郎がそう言うと、吉右衛門は苦笑した。少し憎々しげに思ったのだ。

「速い剣を防ぐにはどうしたらいい？」

「自分も速くなるべきだけど、それは難しい。としたら、最初から合わせるのを避けるしかないよ」

「逃げるのか」

「逃げると言っても、後ろを見せるわけではないさ。踏み込みを甘くさせるんだ」

「どうやって？」

「そうだな、いろんなやり方はあるが、ジジ殿なら……」

と、貫吾郎は考え込み、

「踏み込んだと思わせて、少し引くという手はどうかな？」

「なんだ、それは？」

「相手が近づいたと思うのは、相手が大きくなったときなんだ。近くなれば大きくなる。遠ざかれば小さくなる。それが当たり前だからね」

「そりゃそうだろう」

吉右衛門は、怪訝《けげん》な顔をしている。孫が何を言おうとしているのか、よくわからないらしい。

「だったら、身体を大きく見せるのさ」

「なんだと？」

「両肩をぐっと上げてごらんよ、ジジ殿」

「こうか」

「そうそう。こうだよ」

貫吾郎は自分でもやってみせる。向き合ったまま、肩をぐっと持ち上げる。足は動かしていない。

「ややっ」

「どうだい。おれが近づいたように見えるかい？」

「見えるな」

「だが、じつは近づいてなんかいない。逆に、肩をこうやって上げながら、身は少し後ろに引いてみようか。すると、どうだい？」

貫吾郎は子どもに訊くように訊いた。

「近づいたと思って振った剣は、踏み込みが足りず、斬ったつもりが空を斬ることになりかねないだろうな」

吉右衛門がこたえた。

「そういうこと」

「貫吾郎……」

吉右衛門が目を丸くしている。

「なんだい？」

「そういう技は誰に習ったのだ？」

「いや、道場じゃこんな技、教えるもんかい。卑怯だなんて言われっちまう」

貫吾郎は怒ったように言った。実際、そんなことを言われたこともある。剣を教える者の中には、やたらと剣を修身の道具のように思う者もいる。

「そなた、天才かもしれんな。剣の天才」

「言いすぎだよ、ジジ殿。だいいち、おれは剣の天才になんかなりたくねえもの」

貫吾郎がそう言うと、吉右衛門は啞然とした顔になった。

「そうなのか」

「剣は何かをなすための道具にはなるかもしれないけど、剣が目的でなんかないねえ」

いつの間にか町人のような口調になっている。おれはもしかしたら、どこかで武士というものに不信感を持っているのかもしれない。貫吾郎はふとそう思った。

「ほう」

吉右衛門は、今度は感心したような顔になっている。だが、感心されるようなことはまだ何もしていない。

「それより、ジジ殿。稽古するんだろ」

「そうだったな」

「いくぜ」

貫吾郎はまた、別の角度から打ち込んでみせる。

こうした打ち合いが、十回、二十回とつづいた。貫吾郎は汗ひとつかかないが、吉右衛門はすでにぜいぜい息を切らしている。貫吾郎の木刀は、受けるだけでも、全身の筋肉を最大限に使わなければならないはずである。

吉右衛門に、手をぶらぶらさせたり、足をひねったりするしぐさが増えてきた。

「どこか撃ってしまったかな」

貫吾郎は心配になって訊いた。寸止めにしているが、それでも相手の動き次第ではかするくらいはする。

「撃たれたのではない。わしの身体が軋《きし》みはじめるのだ。やはり、長い勝負は無理だろうな。といって、一太刀で決めるほどの力も無くなっているし……」

吉右衛門は考えこむように言った。

「ジジ殿、少し休もう」

貫吾郎が木刀を下ろすと、

「そうだな」

吉右衛門も素直に汗をぬぐった。無理はしない。それは無理をすれば、怪我をすることを知っているからなのだ。腰をおろすと、指で足や腕の筋肉を圧し始めた。柔らかく揉みほぐすのだ。それは貫吾郎もする。そうすることで、翌日の疲れがまるで違ってくる。

「ジジ殿……」

「どうした？」

「いや、いい」

吉右衛門の身体からはまだ、鋭い気迫が放射されているのだ。

――ジジ殿は……。

貫吾郎は、吉右衛門のこの気迫に、何かを察知した。

――まさか、まだ斬り合いをしようとしているのか。

七十を過ぎた年寄りが、いったい誰を斬ろうとしているのか。

貫吾郎はひどく気になった。

四

曹渓寺から泉岳寺までは近い。ゆっくり歩いても、四半刻もかからない。ましてや、菅原大道の釜無天神からだと、前の道を南に少し行き、伊皿子坂を下っていけばすぐである。茶碗の飯を一杯食べるくらいのあいだに、着いてしまう。

吉右衛門は、菅原をともなって泉岳寺に向かった。

泉岳寺には、年に何度も訪れる。

暮れ、正月、二度のお彼岸、浅野内匠頭《あさのたくみのかみ》の命日、大石たちの命日、この六回は欠かさない。あとは、季節の変わり目やら、江戸で大きなできごとがあったときなども、報告がてら参拝する。

だが、泉岳寺の僧侶たちや寺男などは、吉右衛門の姿を見ると、嫌な笑いを浮かべたり、こそこそと姿を隠したりする。

理由はわかっている。吉右衛門のことを、

「討ち入りを前にして、逃亡した男」

と見做《みな》しているからだ。

それに対し、吉右衛門は何も言う気はない。

何とでも言ってくれと思っている。

すべては墓の中の仲間たちが知っているのだ。

門をくぐり、左手の崖ぎわまで進むと、赤穂浪士たちの墓が並ぶ一画がある。いちばん手前に、浅野内匠頭と夫人の遙泉院《ようぜんいん》の墓が並んでいる。そこから奥に、いくつかの列になって、浪士たちの墓があった。

その一つずつに手を合わせていく。墓の前に立てば、すぐに仲間の顔が思い浮かぶ。瞼の裏から消え失せた顔は、三十四年経っても、一つもない。

——もしかしたら、いや、おそらく墓参にうかがえるのは、これが最後になるでしょう。

そうつぶやいた。

茶毘《だび》にふされたあとも、おそらく泉岳寺では吉右衛門の墓を置いてはくれないだろう。自分は曹渓寺のあの墓地に眠る。自分が手をかけ、掃除しているあの墓地に。それでいいと思っている。

——早く皆のいるところに行きたい。

その気持ちは嘘ではない。だが、そう思うわきには、じつは別の気持ちもあることを、吉右衛門は感じている。それは認めたくない気持ちなのだが、覆い隠してしまおうとしても、ときおりふと浮き上がってきてしまうのだ。

——生きていてよかった。

はじめてその気持ちを自覚したとき、吉右衛門はおのれをひどく恥じた。認めたくもなかった。だが、満開の桜を見上げたとき、夏の海風に吹かれたとき、小さな孫を抱きしめたとき、あるいはそんな特別な場面ではなく、なにげない夕陽の輝きを見たとき……生の喜びが湧き上がってくるのも、どうしようもない事実なのだ。生は喜びをもたらしてくれるのだ。

あのとき、大石様たちと死を共にする気でいたのは、天地神明《てんちしんめい》に誓って嘘ではない。吉良上野介を討ち取ったあと、一人だけ隊列を離れるよう言われたときは、一瞬だが、大石の冷たさと、おのれの陪臣の身分を恨んだほどだった。それでも、いつでも死ねる。あとを追うのはいつでもできると思った。

だが、大石の手紙を届け、いくつかの依頼を片付けたあとに、大目付に名乗って出たら、沙汰《さた》は降りずに放免されてしまった。時を逸してしまうと、一人だけで死ぬのは難しかった。切っ先を腹にあてたこともあるが、それは違うような気がした。むしろ、大石様にはあの世でいまさら何をしに来たと笑われるのではないか。刺客に殺されるのも、赤穂浪士の名折れのようで、必死で立ち向かい、その結果、生き延びてしまった。

そして、いま、齢は七十三を数え、いつお迎えが来ても不思議ではない歳になった。生は喜びだけでなく、深い疲労も感じさせるようになってきている。討ち入りを終えた直後には、予想もできなかった人生になってしまった。

――菅原とともにやろうとしていることは、失ってしまった死ぬ機会を、どうにか取り戻すことになるのではないか……。

バチを当てるなどという遊戯じみたことに本気になる理由を、吉右衛門はやっとわかった気がした。

「今日は長いな」

と、後ろで声がした。

「あ、すまぬ」

菅原も吉右衛門の後ろで手を合わせていたのだ。

間十次郎《じゅうじろう》の墓で一通り参拝を終えた。

「さて、どうしようか」

と、吉右衛門は振り向いて、菅原大道に訊いた。

岡っ引きの千蔵と、同心の池永清兵衛を討ち果たすのがもはや前提である。いよいよ決行の時期も決めなければならない。

「まずは策略を練ることが大事だ」

菅原がそう言った。

「よし、その策略を練ろう」

門の外に水茶屋がいくつか出ていた。そのうちの一つに腰を下ろした。

水茶屋というのは、元禄のころにはなかった商売だが、広小路や、おおきな寺や神社の門前などに増えてきている。暑い季節にはありがたかったりした。

「孝太、千蔵、清兵衛の三人をバラバラにしよう。くっつかれていると面倒だ」

と、菅原が言った。

「孝太も斬るか」

「いや。あれは小悪党だ。斬るほどのことはあるまい」

吉右衛門も同感だが、

「だが、ヤツの悪事が喜兵衛の死のきっかけになったぞ」

と言った。まったくバチを当てないのは気がすまない。

「そう。だから、孝太からはおさきの身を自由にするための金をむしりとってやろう」

「それはいい。そのあとで、深川の番屋にでも、三原屋に入った盗人が麻布本村町の紅花堂にいると、投げ文でもしておこう。それくらいしてやれば、町方でも調べはつくだろうからな」

もっとも、池永清兵衛を倒せなかったら、その文は握りつぶされるかもしれないのだ。

「さて、どうするかだが……そうだ。また、孝太の女房をつかおう。バチ当て様に二十両、寄進したら、面倒は取り払ってくれると吹聴しよう」

この前の、願文の手妻《てづま》（手品）のような方法には吉右衛門はつくづく感心したものだった。あんなことは、自分には絶対できない。

「それで？」

「試しに、厄介《やっかい》な二人のうちの一人を消してしんぜよう。もう一人は寄進を確かめたあとでだとし、先に千蔵か清兵衛のどっちかをやる」

「うむ」

やれるかどうか。それが肝心なところだ。

「どっちかが死んだとわかれば、女房はバチ当て様の荒ぶる力を畏《おそ》れ、なあに二十両くらいは寄進してくれるさ」

それで自分も儲けようとしないところは、菅原もたいしたものである。

「おそらくな」

「問題は、千蔵と清兵衛だ」

「これは、まず仲間割れさせよう。うまくしたら、どっちかにどっちかを殺させるのだ。わしらは、残ったほうをやればいい」

と、吉右衛門が言った。このところ、ずっと考えてきたことだった。

「直接、二人ともやるのではないのか」

不満げな顔をした。

「おい、わしらはバチを当てるのだぞ、菅原。斬ってすっきりするわけではない」

「確かにそうだな」

「バチなら、どんなふうに飛んで来るか、わからないものさ」

饅頭に毒が入っても、船底に穴があいていても、悪党にはバチなのだ。だが、もちろん吉右衛門は刀を使う決意である。

「どうやって、仲間割れをさせる？」

「それは、お互いに、相手が今度の秘密を洩らしていると思わせればいいのさ」

吉右衛門は言った。それしか手立てはない。

「だが、清兵衛が秘密を洩らすなど、千蔵が思うかな」

と、菅原が首をかしげた。

「そうか」

お互いで疑い合うなら、ことは早く動くかもしれないと期待したのだ。

「むしろ、罠《わな》ではないかと思われると面倒だぞ」

「よし、千蔵が秘密を洩らしていると、清兵衛に思わせる。そっちのほうだけやるか」

千蔵は何も知らないままにしておく。

「そのほうがうまくいく。一人残るのが、清兵衛だったら厄介だがな」

話は決まった。

吉右衛門はそっと周囲を見回した。誰もこっちを怪しんでいるような者はいなかった。


翌日――。

吉右衛門と菅原は、またも深川に出向き、このあたりで瓦版をまいている男の家に、投げ文を入れた。

「こんな噂を聞いたけれど、本当のことでしょうか……」

で始まり、池永清兵衛の悪行をそれとなくぼかして書いたものである。ただし、千蔵の名はまったく入れていない。すべて、池永一人がやったことにしている。

もらった瓦版屋は、こんなことは書くわけにはいかない。

だが、ご機嫌取りもかねて、池永に報告に行く。

そう予想したのだ。

案の定――。

町回りに出向いてきた清兵衛に、瓦版屋が近づいた。

万年橋《まんねん》の上である。橋の下を、船頭が舟唄をうたいながら、荷船を漕いでいく。下からの光がちらちらと揺れて、橋の底を揺するようにも見えた。

そのようすを吉右衛門と菅原は土手の柳の陰から見つめている。

声は聞こえないが、話している中身は想像がつく。こんなことを話したにちがいない。

「池永様、どうもおかしな噂が流れてます」

「どんな？」

「仏の清兵衛というのは真《ま》っ赤《か》ないつわり。じつは、金のために、二人も殺したと」

「なに」

「なんでも、一人は顔を確かめさせるため逆さ吊りにし、もう一人は川に顔を押し付けて、溺れ死にさせたと」

「なんだと」

瓦版屋は投げ文をそのまま渡してはいない。万が一、それが事実だったら、瓦版を書くときのネタになるのだ。口頭で伝えただけである。

噂というのは、さまざまな波紋を広げる。

多くの疑心暗鬼が生まれる。

それをもっとも巧みに使いこなしたのは、大石内蔵助だった。

あの、討ち入りでは大石内蔵助は、成功不成功をふくめて、ありとあらゆる手を打ったのである。吉良方にさまざまな噂をばらまき、右往左往させ、ついには真実の影を無数の噂の中にまぎれこませてしまった。吉右衛門もまた、江戸の町のあちこちで、嘘八百を流してまわったものである。

だが、今度は、大勢の人の耳に届かせなくてもいい。たった一人の男の胸に、波風を立ててやればよかった。

清兵衛は長いあいだ、万年橋の上でたたずんでいた。付き添っていた小者二人は、近くでのんびり煙草を吹かしたりしている。

暗い目で大川の流れを見つめつづけた。四十前後ほどに見えるこの八丁堀の同心が、どんな育ち方をし、どんな思いで生きてきたのか、まったくわからない。だが、決して幸せな人生ではなかったのではないか。そう思わせるような、剣呑なまなざしだった。

そろそろ夕暮れが迫っていた。柳の枝や橋の下には、しずくのように小さな闇が付着しはじめている。こうもりが数羽、薄闇に落書きでもするように乱れ飛んでいた。

「仏の清兵衛が笑わせるな」

と菅原がつぶやいた。「化け物に呪《のろ》われたような顔じゃねえか」

「ありがたいことに、清兵衛はすぐに動くかもしれんな」

と吉右衛門が言った。清兵衛の身体から強い気が発散されているように見えた。

「そりゃあ、いい」

期待どおりだった。清兵衛は、長羽織と十手を小者に預けた。

それから、小者が持っている道具箱から白い足袋を出させ、履いていた紺の足袋と替えた。それを持って、家にもどるよう命じたらしい。

小者を見送ると、清兵衛はさらに、着物をだらしなく着崩した。

これで八丁堀の同心とすぐにわかることはない。

清兵衛は懐手になって歩き出した。

夕陽が差している永代橋を渡る。

このまま、千蔵のところに行くつもりらしい。舟は使わず、歩いて行く気らしい。

吉右衛門と菅原も、人ごみにまぎれながら、ぴたりとあとをつけていく。

五

やはり、清兵衛が向かったのは、善福寺門前町の千蔵の家だった。

清兵衛はいつもの笑顔にもどり、千蔵を家の外に呼び出した。

まずは、千蔵をともない、夜の町を人けのない仙台坂のほうに歩き出した。千蔵は提灯を持って出た。

この坂道の先には、神社がいくつかある。そのうちの一つは、雑木林に囲まれ、境内もかなり広い。よく、不良少年たちが喧嘩をしているのを見たことがある。貫吾郎なども、ずいぶんあそこは利用しているのではないか。

「孝太の野郎がおかしなふるまいをしてるですって」

「うむ。これから確かめよう」

仙台坂を上っていくとき、そんなやりとりが聞こえた。

それは口実なのだ。

提灯の明かりを見ながら、二人はあとを追う。物音を立てぬよう気をつける。吉右衛門は草鞋を脱いで、裸足になった。

月はだいぶ欠けてきているうえに、分厚い雲が出ていて、真っ暗である。尾行には都合がいいが、足元がおぼつかなかった。

こんな夜は人けもまったくない。左手の伊達家の下屋敷からは、ふくろうの鳴き声がやけに大きく聞こえていた。

仙台坂を上りきってから右に曲がった。紅花堂があるのは左手である。やはり、あの神社の境内に連れ込むつもりなのだ。おそらくそこでカタをつける。

境内に入るとすぐ、二人の足が止まった。

「なぜ、あっしがそんなことを」

と、千蔵が声を荒らげた。その声に向かって、吉右衛門と菅原は頭を下げながら近づいた。手前に植え込みがあるが、近づき過ぎると葉音を立ててしまう。ゆっくり、四つん這いになって進んだ。

「馬鹿。わしときさまと、他に誰がそのことを知っているというのだ。きさまがしゃべったのは明らかだろうが」

問い詰める声にも笑みを感じる。人を問い詰めることが楽しいのか。あるいは、この男は、顔も声も、もともと笑みのかたちになっているのか。吉右衛門は背筋が寒くなった。

「待ってくれ、池永様。そういえば、あのジジイが」

千蔵は切羽詰まった声である。いつもより調子もずいぶん甲高い。

「どのジジイだ？」

「生き残りだ。赤穂浪士の」

「馬鹿を言え。生き残りなどであるものか。討ち入りの前に逃げたのだろうが。おめえもそう言ってただろうよ」

「そうじゃねえかもしれねえ。やっぱり、あのジジイは只者じゃねえんだ。源三の死体が逆さ吊りだったことを疑い始めている。このあいだなんか、てめえでぶらさがってみたりしていたらしい」

あのときのことは、誰かに見られていたのだ。吉右衛門と菅原は、闇の中で見交わし、首をすくめた。

「だから、おめえがあのとき、首を引っ張って高く上げるのは気色が悪いだのぬかしたからだろうが。あのとき、首から吊るせば、ただの首吊りということで、簡単にことが済んでいたのだ」

「その分のしくじりは取り返す。待ってくれ」

いつもはドスの利いた千蔵の声が上ずった。

「往生際の悪い野郎だな」

「旦那。それはねえ」

「おめえはよ、ふんどしの中身といっしょで役立たずなんだよ」

千蔵は打ちのめされたように顔をゆがませた。提灯を手にしていたので、その顔が下からの明かりに照らされ、なおさら醜く見えた。

「女の相手もできねえ男じゃ、何やらしても駄目だ」

清兵衛は笑いながら、刀を抜いた。

「ふざけんな」

千蔵が叫んだ。持っていた提灯をわきに放った。提灯は地面には落ちず、植え込みのところにひっかかり、さいわい消えずにすんだ。

千蔵は十手を構えた。斬り合いを覚悟したらしい。

十手は意外に強力な武器になる。鉤《かぎ》になった部分をうまく使えば、刀を折ることさえできる。

だが、池永の剣は凄まじかった。

一歩を足を踏み出したときには、切っ先はぐんと伸びた。刀を投げつけたのかと吉右衛門が錯覚したほど、伸びのある剣だった。

千蔵は何もできない。声を上げる間もなく、十手を持った右手が飛んだ。

落ちた手が、消えずに灯っていた提灯のそばに転がった。

噴き出す血を眺めるように、手首から先のない腕を目の前にかざした。

「あああぁ」

――助けに出ようか。

と、咄嗟《とっさ》に吉右衛門は思った。

いま、飛び出して、大声で騒げば、池永はとどめを刺さずに逃げるのではないか。

敵の数を減らすために仕組んだのが、悪党の最後を見て、ためらいが生まれた。

手がなくても生きていける。うどん屋の近くの、左手を失くした藁《わら》細工の職人のことが浮かんだ。

「どうした」

気配を感じて、菅原が吉右衛門の肩をつかんだ。

「…………」

迷った。もしも、おさきの父の喜兵衛を殺したのもこいつだったら、許しがたい。だが、かつてあれだけの殺し合いを体験し、いままた自らのはかりごとで血の雨を降らそうとしている。それでいいのか。これがあるべき晩年の姿なのか……。

腰が浮いた。

「出たら駄目だ」

菅原が小さく叫んだ。

それでも吉右衛門が立ち上がろうとしたとき、池永の剣が叫び声を上げはじめた千蔵の喉笛を深く斬り裂いた。血が柄杓《ひしゃく》で撒《ま》かれたように、ぱっぱっと散った。千蔵は声を止め、くるくるっと二度ほどまわり、倒れた。

踏み込みといい、見切りといい、確実な動きだった。

清兵衛はとどめの必要もないことがわかっているのだ、すぐに千蔵の提灯をつかむと、足早に境内を出ていった。

――わしはあの剣には勝てぬ。

吉右衛門はすぐにそう思った。

だが、やらないわけにはいかない。明日にでも、清兵衛に手紙を届けさせる。その仕事はまるで関係のないヤツにこづかいでも渡してやらせればいい。

場所と時を示し、呼び出すのだ。

あれだけの腕なら、おそらく一人で来るだろう。もう、秘密を知る者を増やすつもりもないはずである。

「吉右、あの男とやるのだぞ」

菅原が震える声で言った。

「なあに……」

とだけ言った。どうせ老い先短い命なのだ。


——あとをつけてみてよかった。

と、貫吾郎は、仙台坂の上にある神社の隅でそう思った。この神社はしばしば喧嘩の舞台に使ったところで、地面の凹凸まで頭に入っている。

貫吾郎の左手の隅に、ジジ殿と友人の神主がいる。

そして、二人が見つめる先で、いま、一人の武士が十手を持った岡っ引きを斬り捨てたところだった。

貫吾郎はあの本気の稽古以来、ときおり気になって、この夜も吉右衛門の家を訪ねた。

だが、出かけていた。

仕方なく麻布十番のほうにもどってきたとき、仙台坂のほうに向かう二人を見かけた。

緊張した顔つきがただごとではなかった。

そっとあとをつけ、この場面に遭遇したのである。

——そうか。ジジ殿は、あの岡っ引きを斬った男とやるつもりか。

岡っ引きは麻布の善福寺あたりで大きな顔をしていた男で、何度か見かけたことがあった。斬ったほうは、岡っ引きが「旦那」と呼んだくらいだから、奉行所の同心なのだろう。だが、この界隈では見たことがなかった。たしか、「池永様」とも呼んでいた。

――いい腕だった……。

貫吾郎は眉をひそめた。おそらくは一刀流の流れ。道場の稽古だけでなく、いくつもの修羅場を経験している度胸のいい剣だった。踏み込みのよさがそれを物語っていた。修羅場ということでは、ジジ殿もひけは取らないだろうが、同心には身体の柔らかさがあった。あの男と、吉右衛門が立ち合えば、万に一つも吉右衛門が勝つ見込みはなかった。

六

吉右衛門が墓場の隅で、木刀を振り回していると、

「ジジ殿。精が出るね」

と、後ろから声がかかった。にこやかに微笑む貫吾郎がいた。

「稽古をつけてあげようと思ってね」

「それはありがたい」

「ここじゃ狭いし、人目もある。この前の川のところに行こう」

「そうじゃな」

貫吾郎といっしょに、墓場を横切って絶江坂のほうに向かった。

出口に近い、見晴らしのいい新しい墓には、今日もあの後家が来ていた。

わきを通り過ぎ、坂を下りかけたとき、

「ん？」

奇妙な顔をして、貫吾郎の足が止まった。

「どうした」

「いや、ちょっと変な気配が……」

貫吾郎はじっとあの後家を見ている。地味な小紋の着物に、芝翫茶《しかんちゃ》の帯を締めている。目立つ格好ではないのに、思わず振り向いてしまう。衰弱してきているのに、なおさら凄絶な美しさを漂わせている。貫吾郎のような歳でも、それは感じるのだろうか。

「あの後家は、怪しいか」

「…………」

答えずにじっと見ている。貫吾郎はようやく視線を外した。それから首を横に振った。

「怪しくない。気のせいだったかな」

そう言って、下りはじめた。貫吾郎があれだけ見つめたのだ。くの一ならば、動きのわずかなところに、ただならぬ気配を見つけたはずである。

川原に下りると、

「なあ、ジジ殿」

いつもより真剣な口調で、貫吾郎が言った。

「なんじゃ」

「もしかしたら、この前、岡っ引きを斬り殺した男とやるつもりかい」

吉右衛門は唖然となった。

「な、なんだと。貫吾郎、おまえ……」

「見てしまったんだよ。あの夜、坂を上ろうとしているジジ殿を見かけてあとをつけたのさ」

「忘れろ、よいな」

何としても貫吾郎を関わらせてはいけない。

「そうはいかないよ。ジジ殿、あいつはかなり遣うよ」

「そんなことはわかっておる。だが、お前とは関係ないことじゃ」

「わかった。おれは手助けしない。でも、これだけは聞いて。あいつの剣には変な癖がある。たぶん、左足に軽い怪我があるんじゃないかな」

「ほう」

まったくわからなかった。だが、貫吾郎が言うのだから、間違いない。

「だから、その稽古をしようよ」

「あの男に合わせた稽古か」

「そうさ。間に合うかもしれないよ」

それなら願ったり叶ったりだ。どちらにせよ、池永といつ、どこでやるかなど、貫吾郎は知るよしもないのだ。

「いいかい。左足に怪我があるときは、左からの攻撃はない」

貫吾郎は構えながらそう言った。

「なるほど……」

左から攻めるときは、左足に重心がかかる。とすれば、ヤツの攻撃は自然と右からのものになる。右だけに注意を払えばいい。それだけでもわかっていれば、ずいぶんと優位に立てるはずである。

「だから、ジジ殿は、敵の左側を、すばやくすり抜けるように斬ればいい。こうだ」

貫吾郎は、吉右衛門の左足のあたりに突進するように接近した。

吉右衛門はかわそうとするが、すでに貫吾郎はすり抜けた。自分より五寸ほどは大きな貫吾郎が、逆に二回りほど小さくなったように見えた。四つ足の獣が走り抜けたような怖ろしい速さである。吉右衛門は、

「駄目だ。わしはそんな速く動けぬ」

と嘆《なげ》いた。

「大丈夫だ。ジジ殿。やってみてくれ」

貫吾郎にうながされ、木刀を横に寝かせたまま、左のほうに動いた。

「こうか」

貫吾郎の横腹をえぐるつもりである。

「それを、もっとぶつかるつもりで」

「こうだな」

よほど速く飛び出さなければ、敵の剣がすり抜けようとする吉右衛門の背中を深々と断ち割ることだろう……。

貫吾郎は稽古を終えると、その足で釜無天神に向かった。吉右衛門の友人で、この前もいっしょにいた菅原という男は、そこの神主だと聞いている。なんどか麻布十番の〈よし

の屋〉でも顔を見たことがある。おかげで、あの店にはこのところご無沙汰がちである。

釜無天神にあるバチ当て様のことは、貫吾郎も噂で知っていた。もしかしたら、ジジ殿がバチ当て様になるつもりなのか。年寄りというのは、ずいぶん突飛なことを考えるものである。

いつ、どこであの同心とやるのか。

それを吉右衛門に訊いても言うはずがなかった。

だから、菅原に教えてもらうつもりである。あの晩もいっしょにいたくらいだから、たぶん二人で戦おうというのではないか。

三田の台地には滅多に来ない。海を眺めるときは芝浜に出てしまう。ここらは寺だらけの辛気《しんき》臭いところという印象が強い。

だが、上ってみると、なかなか眺めがいい。海がすぐ間近である。愛宕山よりも近い。気が滅入って、高台から海を見たいときなどはここに来るのもいい。

「ここだな」

鳥居の前で足を止めた。存外、古びた神社である。

参詣客も多いと聞いたが、いまは境内に人の姿はなく、黒い猫が隅のほうで丸くなって眠っていた。

玉砂利を踏んで本殿に近づき、

「ごめん」

と声を張り上げた。

「なんだい」

と、裏手から桶を持った菅原が出てきたが、

「おや、お前さんは」

すぐに貫吾郎のことを認めたらしい。

「寺坂吉右衛門の孫です」

「そうだったな」

笑顔で何度もうなずく。飲み屋で会っても、いつも機嫌のいい老人である。色気もまったく失っていないらしい。やがて、老人にならなければならないのだったら、苦虫を嚙みつぶしたような老人ではなく、こういう老人になりたいものである。ジジ殿は少し生真面目過ぎる気がする。

「じつは頼みがあって」

年寄りには手土産でも持ってくるべきだったかと、ちらりと思った。

「なんだい」

「ジジ殿が池永という男と、決闘でもするつもりらしいのです。相手はわかったのですが、いつ、どこでやるのかがわかりません。たぶん、あなたなら知っているでしょう。教えてくれませんか」

菅原は見る見るうちに、困った顔になった。

「そんなこと、なんで訊きたいんだい？」

「いや、おれにできることがあるんじゃないかと」

貫吾郎がそう言うと、菅原は手を激しく振って、

「駄目だ、駄目だ。そんなこと、言えるかい。言ったら、吉右衛門にどれだけ恨《うら》まれるか。ましてや、あんたが池永と斬り合いでもした日には……」

「それはしません……」

ジジ殿が見ているところでは、という言葉は胸のうちで言った。

「黙って見守るだけにします。ジジ殿が負けたときには、おれが骨を拾ってやりたいのです。お願いします」

貫吾郎は玉砂利の上に両手をついた。小豆大の砂利は掃除が行き届いていて、ごみも見当たらない。

「あなたもいっしょに戦われるのでしょう？」

上を仰いで訊いた。

「そりゃあ、まあ」

「でしたら、あなたの骨も拾わせてもらいます」

「負けるとは限らんがね……まあ、そうなる公算が大だけれど……」

「なにとぞ」

そう言ったまま、貫吾郎は頭をつけ、何があってもあげないつもりである。

「ううう……」

菅原が唸り出している。

「たしかに、池永に斬られて、本所くんだりで無縁仏にされるよりは……」

どうやらいいところを突いたらしい。それに、本所というのもわかった。

「では、わしが言ったことは内緒にして……」

貫吾郎は頭をつけたまますなずいた。

「わかった。両国川開きの夜の暮れ六つ過ぎに、本所回向院《えこういん》の裏に呼び出すことになっているんだ……」

こちらも両国川開きだった。

七

貫吾郎との稽古を終え、吉右衛門は絶江坂を上って、曹渓寺にもどってきた。今日の稽古は太股に疲れが出ていた。それだけ、有意義な稽古になった。

両国川開きは三日後である。もう、貫吾郎に稽古をつけてもらうこともない。それどころか、貫吾郎の顔を見るのも最後かもしれない。孫はほかに何人かいるが、あの孫にはなぜか愛着があった。危なっかしいところが、年寄りの心をくすぐるのか。だが、孫に執着するつもりはなかった。赤穂浪士の中には、孫どころか、わが子の顔も、いや嫁をめとることもせぬまま死んでいった者もいる。そんな執着は、あってはならぬほどの未練であり、贅沢だった。

——ん？

後家はまだ、墓の前にいた。

今日も散々に泣いたのだ。きれいな目元が腫《は》れていた。

どれだけ悲しいのか。

もはや、泣くことしかできなくなったのか。

後家は吉右衛門がいるのに気づいたからか、ようやく今日の墓参を終える気になったらしい。のろのろと立ち上がり、絶江坂を下りていった。

渋谷川のあたりはすでに黄昏《たそが》れ、夕陽の赤さが、川岸の草木をかすかに染めていた。赤い霧に包まれているようにも見えた。

吉右衛門は刀を腰からはずし、木刀といっしょに近くの墓石に立てかけた。それからいつも座る切り株のところに行き、足を大きく伸ばし、手を上げて伸びをした。

少し景色を見て、もどりたい。一日の終わりをいい景色でしめくくることができたらありがたいことである。

坂を下りきった後家が、憔悴《しょうすい》した足取りで左に曲がるのが見えた。

ふと、本堂のほうの墓のあいだから、アカが姿を見せた。のろのろと疲れた足取りである。墓にやって来たのはひさしぶりではないか。かわいい仔犬たちの姿は見えなかった。

「よう、アカ。やっと仔犬たちから解放されたか」

だが、アカのようすはおかしかった。

吉右衛門のそばまで来ると、頭を落とし、上目遣いに飛びかかる姿勢を取り、

「ガルルル」

と唸った。警戒よりもっと強い意志である。それは明らかな敵意だった。

アカが顔を向けているのは、さっきまであの後家が手を合わせていた墓のあたりである。

むろん、そこには誰もいるはずがない。

嫌な気分がこみ上げてきた。首の後ろが冷たい手で撫ぜられたようにざわざわした。

吉右衛門は刀を置いた場所を見た。その墓石までは、歩いて三歩、いや四歩ほどを費やす。わずか四歩は、あまりにも遠い。

胸が高鳴り出した。稽古の疲れも感じた。

息を止め、ゆっくりと腰をかがめた。

かたわらに別の小さな墓があり、卒塔婆が立ち、竹筒の花活けが刺してあった。卒塔婆はよそに頼んだが、花活けは吉右衛門が自分で竹を削ってつくったものだ。

吉右衛門はかがんだまま、左手に卒塔婆を摑み、右手で竹筒を差し出すように持ち、静かに振り向いた。

そのとき、墓の前の土が突然、盛り上がり、割れた。ざざっと音がした。

そこから黒い影が浮かびあがった。

わきでアカが激しく吼《ほ》えた。

吉右衛門は、右手に持った竹筒を、黒い影の中心に向けて、思い切り突いた。身体ごとぶつかるつもりだった。

右手に重く不快な手ごたえがあった。濃くて腐敗したものの中に、ずぶと手を入れたようでもあった。

同時に、左手の卒塔婆で薄闇の中で光ったものを受けた。光ったのは、刃だった。だが、刃は竹筒の衝撃で力を失くし、卒塔婆に食い込んだだけで動きを止めた。

影は真後ろに倒れ、頭が墓石にぶつかって、嫌な音を立てた。土にまみれた顔の中で、一瞬、白目が剝き、すぐに閉じられた。

そのまま、動かない。喉だけがしばらくごろごろと鳴った。

中心に刺さった竹筒のわきから、暮れなずんだ墓地ではもはや黒くしか見えない液体が、どくどくと土に沁みこんでいった。

刺客だった。これが上杉の刺客だった。しかも刺客は、驚くべきところから出現したのだった。

後家の嘆きは嘘ではない。若き旗本が亡くなったのも本当だった。

ただ、墓の下の棺の中がひそかに入れ替わっていた。

この出現を察知したのは、ようやく子育てを終えてきたアカだった。

アカが唸り声をあげなかったら、吉右衛門は倒されていただろう。

「アカ、ありがとうよ」

声をかけると、尻尾を振って、後ろを向いた。向こうにもう一匹、犬がいた。ときおり見かけた、毛の抜けたしょぼくれたような犬である。

「おい、まさか……」

そういえば、おせんもアカの亭主は笑ってしまうということを言っていた。

「そうか、アカ。あれがお前の亭主だったか」

笑うのはいかに犬が相手とはいえ、失礼な気がした。

刺客の後片付けは楽なものだった。

単に、そのまま埋め戻せばよかったからである。

八

江戸の夏の名物、両国川開きは、旧暦五月二十八日におこなわれる。この日から両国橋界隈では、連日連夜花火が打ち上げられ、夕涼みの人々で賑わうことになる。

花火が上がるのはもちろん夜になってからだが、江戸の町はもう昼ごろから、どことなく慌ただしい。人々は浴衣がけに団扇をぱたぱたさせながら、水辺へ水辺へとまるで螢にでもなったように、動き出していた。

川開きの日にふさわしく、梅雨はすっかり抜けきった。青空の隅には夏の象徴ともいえる雲の峰が、遠慮がちにせり出していた。

高見貫吾郎は、そうした騒ぎをよそに、金杉川の河口近くに繫留された丸山家の猪牙舟を見つめていた。

朝からずっとこの舟を見張っている。

このところ動いた形跡はない。

——別の舟を使うのか。

もしも丸山に、大勢の仲間がいるとしたなら、そうだとしても不思議ではなかった。だとしたら、貫吾郎に丸山の行動を阻止することは不可能だろう。

じりじりするような時が過ぎていった。

今宵はもうひとつ、やらなければならないことがある。

そのためにも、早く丸山と会いたかった。

両国橋からはずいぶん遠いこのあたりも、今日は川開きの夜を楽しもうというのか、大勢の人たちがそぞろ歩きはじめていた。

娘たちの浴衣姿はきれいだった。

――よしの屋のお千佳も、今宵は浴衣でそぞろ歩くのだろうか。

そう思ったら、顔が赤らんでくるのがわかった。ずっと顔を見ていないが、そろそろ顔を出そうか。だが、ジジ殿や神主の菅原がいると思うと、どうしても気が引ける。こっちの気持ちをなぜか察知して、からかわれそうな気がする。同年代の仲間は誰も気づいていなくても、ああいう年寄りはどうしてか気づいたりしそうだ。

貫吾郎はため息をついた。

そのときである。

丸山孫太郎は思いがけないところから出現した。

大きな屋形船が河口から金杉川を遡上してきた。赤く丸い提灯がいっぱいぶらさげられ、まだ灯は入っていないが、入れられたときはさぞかし華やかに、夜の川に浮かびあがるのだろう。

その屋形船が通り過ぎたとき、猪牙舟の上にはすでに丸山孫太郎がいて、櫓を漕ぎ出していた。屋形船から乗り移ったにちがいない。

てっきり陸《おか》のほうから来るのだと思っていた貫吾郎は、虚を突かれた思いだった。

――しまった。

貫吾郎は慌てて立ち上がり、丸山を追いかけようとした。だが、舟はすでに河口へ向かっている。丸山の漕ぐ舟は速い。ほかの猪牙舟をたちまち追い越していく。

貫吾郎は陸地を走った。袴の股立《ももだ》ちを取り、全力で走った。たちまち激しい汗が噴き出し、目に入ってくる。手拭いで鉢巻をしめた。皆、何ごとだと振り返るので、必死の形相になっているのだろう。

どこもかしこも大勢の人が出ていた。ぶつかりそうになりながら、すり抜けて走った。真っ直ぐ両国橋まで走り通そうかとも思ったが、途中で思い直し、築地川のところで右手に入った。

佃島を対岸に見る大川の河口に出た。

すぐ向こうを丸山の舟が行くのが見えた。

「待て、丸山」

貫吾郎は叫んだ。

丸山がこちらを見て、にやりと笑った。

「やめろ。思いとどまれ」

丸山はもうこちらを見なかった。

大きく弧を描く道を、貫吾郎は全力で走った。明石《あかし》町、十軒《じっけん》町、船松《ふなまつ》町、そして曲がりきるところが鉄砲洲本湊《ほんみなと》町である。

離されてはいない。むしろ、貫吾郎のほうが先を走っている。だが、向こうは水の上にいる。

鉄砲洲に差し掛かったとき、岸辺を船が離れようとしていた。佃の渡しである。漁師らしき人たちが大勢、乗り込んでいる。浴衣姿の娘も二人ほどは乗っているのも見えた。

この船に向かって、貫吾郎は咄嗟に飛んだ。二間以上の距離はあっただろう。櫓を漕いでいた船頭のわきに降りた。

「おい、乱暴だな」

船頭があきれた。中の客も驚いている。

「すぐ降りるよ」

渡し船は対岸の佃島に向けて進む。それに行く手を遮られるように丸山の舟が来た。

貫吾郎はもう一度、飛んだ。丸山の舟の上に降り立つと、舟が大きく揺れた。

「義経かよ」

と、後ろで客の誰かが言うのが聞こえた。

丸山もまさか貫吾郎が船から現われるとは思わなかったのだろう。啞然とし、それからにやりとした。

貫吾郎は、丸山の舟の前方に立っている。

「間に合ったな」

「ちっ。無駄だと言っただろう」

丸山は櫓を漕ぐ手を止めない。貫吾郎もいったん腰を下ろした。

「高見。仲間に入る気になったわけではないのだろう」

「当たり前だ」

「馬鹿なヤツだぜ」

舟は大川に入っていった。やはり、目的の場所は両国橋なのだ。海のほうはむしろ船の数がいつもより少ないくらいだったが、大川に入ったら急に増えた。とくに、提灯を飾り立てた屋形船がやたらと目についた。

「おぬし、誰かにそそのかされているだろう」

と貫吾郎が言った。

「誰に？」

「仲間というやつらだよ」

「何を言うか」

丸山はせせら笑った。

「では、なぜおぬし一人に、こんなだいそれたことをやらせるのだ？　そいつらは自分は手の届かないところにいながら、お前だけがとんでもないことをしでかすのだ」

「ばあか。こんな仕事は、おれ一人で充分やれることとなのさ」

顔色は変わらない。騙されているという疑いは持っていないのか。それとも、丸山の言うとおりに、ことは進行しているのか。

舟は、橋をくぐった。永代橋である。

左手に御船手組の番所がある。江戸の水上を警護する組織である。その御船手組に声をかけてもいいくらいなのだ、と貫吾郎は思った。だが、そうはしたくなかった。

「止めろ。さもないと、お前を斬らなくちゃならない」

貫吾郎は叫んだ。

「斬るだと。笑わせるなよ。ほんとに人を斬ったことがないくせにか」

「なに？」

丸山の落ち着きぶりは不気味だった。それに貫吾郎が人を斬ったことがないというのも当たっていた。強い、強いと言われても、それはすべて、袋竹刀か、木刀でのことなのである。もしも真剣の斬り合いが、それらとはまるで違うものであるなら、貫吾郎は強いかどうかはまったくわからない。

「お前のは所詮、喧嘩だ。おれは実際に、何人か斬っている。辻斬りってやつでな」

「そうだったのか」

「実際に人を斬ったことがないヤツは、斬ったことのあるヤツには勝てない。そういうものなのさ」

「それはわからんさ」

と、貫吾郎は自分に言い聞かせるように言った。最悪、木刀のつもりでやればいいではないか。たとえ木刀でも、貫吾郎は相手を撃ち殺す自信がある。

周囲には、どんどん船が増えてきていた。もしも、この舟の上で斬り合いでも始めようものなら、ちょっとした騒ぎが持ち上がってしまう。

だが、そうなればなったで、丸山が両国橋でしようとしていることを阻止できるのだ。

「お前、ほんとに邪魔っけなヤツだな」

丸山はついに櫓を放した。

船尾に立ち、ゆっくり数歩近づいてきた。ここらは大川の中州になっている。建物はなく、葦が茂るばかりである。中州には入り江のようなところがあり、そのあたりは近づく船もなかった。丸山はここで決着をつけるつもりらしい。貫吾郎も静かに立ち上がった。

「降りるのか」

貫吾郎は訊いた。

「降りるなんて面倒だろうが」

「そうか」

貫吾郎もまた、船首から数歩、丸山に近づいた。

二人のあいだはわずかしかなかった。抜けば、もちろん斬ることのできる距離である。

丸山が足で舟を揺すっていた。体勢を崩そうというつもりらしい。だが、貫吾郎の体勢は崩れない。足の裏は舟板にぴたりと張り付いている。指一本でも身体を支えられる足の指が、それぞれ板に密着している。

「手裏剣は忘れたのか」

と、貫吾郎は訊いた。以前、革袋に入れた手裏剣を見せてくれた。丸山は顔をしかめた。懐に小さなふくらみがある。いまも隠し持っているのだ。

「お前には無駄だろうな」

「それはわからんさ」

「うるせい。一太刀でぶった斬ってやる」

丸山の唾がかかった。それくらい近い位置にいる。離れたら手裏剣が使えるが、この距離では使えない。この位置で斬り合えば、居合いの勝負となり、実際《まあ》、一太刀で決着がつく。丸山が居合いの得意なことは、橋桁に斬りつけたときも目の当たりにしていた。

時が過ぎた。永代橋を人が渡り切るくらいの時間が流れた。何ごともない場合は、短いが、こうした場合は無限につづくくらいに長い。先ほどはそうでもなかった丸山の目が、赤く充血していた。息を止めているのだ。

葦の茂みから勢いよく、よしきりが飛び出した。チッと鋭く啼いた。それが合図のようになった。

「やっ」

「とぉ」

同時に刀に手がかかった。踏み込むほどの距離もない。丸山はわずかに腰を落とした。貫吾郎は逆にのけぞった。

刃が引き出された。そこから貫吾郎の剣は速かった。木刀のつもりも、真剣のつもりもなく、ただ、抑えていた力が爆発した。

貫吾郎の剣は、光りながらまだ抜き切れなかった丸山の右の手首を、叩くようにかすめた。血が赤い煙になって噴出した。丸山の手が腕を離れ、剣といっしょに船底に落ちた。どさっと、身もふたもない音がした。

「あああ……」

丸山は、血の噴き出る右腕を宙に差し出すように、ひざまずいた。

「早く血を止めろ」

貫吾郎が手拭いで腕を縛ろうとした。だが、丸山は、

「やるな、触るな」

と叫んだ。懇願の顔だった。かわいそうなほど子どもっぽく見えた。

貫吾郎は顔をそむけ、櫓のところにいった。

急いで岸に漕ぎよせた。ここからは走るつもりである。もう、新大橋が近くに見えていた。

岸に着け、舟を降りて土手を駆け上るとき、貫吾郎はちらりと後ろを振り返った。

丸山が、左手で刀を摑むのが見えた。それから、おのれに向けた刃に喉首を突き出すかに見えたときは、貫吾郎はもう走り出していた。


すでに薄闇が降りてきていた。なまあたたかい薄闇であった。

暮れ六つの鐘が鳴り始めていた。

定町回り同心である池永清兵衛は、この日は当然、両国橋の東詰めの警備に出ていた。

ふだんは奉行所で書類ばかりくっている同心たちも、この日ばかりは両国橋界隈に出そろっていた。将軍が移動するとき以外には滅多《めった》にない総動員だった。池永清兵衛はその警

備を途中で抜け出し、両国橋を渡った。それから西詰めにある回向院の裏手に向かって、小走りに駆けた。

回向院の南に、もうひとつ小さな寺がある。そのあいだの道は、薄闇よりも濃い、黒々とした闇があった。

その闇の中から声がした。若い、張りのある声だった。

「おい。ニセ仏」

と、その声が言った。

「なんだと」

池永は足を止めた。

「にこにこした面《つら》の後ろに、血も涙もねえのっぺりした面が隠れてるぜ」

そう声がしたとき、後ろの空で花火が上がった。今宵、いや今年最初の、夏の到来を祝う、花火だった。

塀のあいだの闇が橙色の明かりに照らされ、前にいる若者の姿が浮かび上がった。

高見貫吾郎の五尺八寸ののびやかな身体がそこにあった。紺の浴衣地の着物に、縦縞の袴である。若者らしい清々しさが漂っていた。

「きさまが、文を寄越したのか？　ガキのいたずらか？」

「いや、違うんだよ。だが、おれも用事があったんだ、あんたには」

「何のことかわからんな」

「わからなくていいんだよ」

「まだ子どもだろう？」

池永は笑顔でそう言った。からかいの気配があった。

「そう、子どもなんだよ。おれは、まだ十七だもの。でも、よう、そんな子どもに懲《こ》らしめられる同心てえのもみっともねえもんだよなあ」

貫吾郎も笑いながら言った。

「ほう。おいらを懲らしめるってえのかい」

清兵衛はまだ、笑みが崩れない。

それどころか、目尻が下がって、ますます人がよさげに見えてきたではないか。

「おめえみたいなヤツは、ジジ殿に斬られちまいな」

貫吾郎は刀を抜いた。棒立ちのままだった。

それを見て、清兵衛も抜いた。こちらは腰が落ちていた。

吉右衛門には、あの男の剣には癖があると言った。だが、この男に癖などまったくない。

この前、岡っ引きを斬るときに確かめたが、おそらく一刀流である。癖は師匠たちによって厳しく直され、無駄な動きは徹底して除かれた。教えが隅々まで行き届いた剣。むしろ、貫吾郎の剣のほうが、よほど癖がある。青眼《せいがん》に構えた切っ先は、ぴくりともぶれない。腰はどっしりと座り、わずかに前傾した姿勢は、左右どちらへの動きに出てもおかしくない。左が弱いどころではない。

癖はこれからつけるのだ。これからやることで、左にはまったく動けなくしてやるのだ。それも、相手がそうと知らないままに。

「来いよ。ニセ仏」

貫吾郎は峰を返した。

それを見て、池永はかすかに眉をひそめた。潮が引くように笑いが消えると、酷薄な目元が浮かびあがった。

「おいらに峰を返したかい?」

そう言って口元も引き締めた。口の笑みもきれいに消えた。

貫吾郎は峰を返した剣を真っ直ぐに突き出した。

手はおそらく貫吾郎のほうが二寸以上長い。

だが、それくらいの長さは踏み込みの鋭さで五分に持ち込めるのだ。

そして、池永の踏み込みは、構えだけ見ても、鋭さが予測できた。

「小僧。あまり大人を愚弄《ぐろう》せぬほうがよいぞ」

「大人を愚弄するわけじゃねえ。うそ臭い大人をからかってるんだ」

貫吾郎は挑発した。怒れば怒るほど、人の動きは固く単調になる。怯《おび》えたときもそうなるが、この男が怯えることはない。ならば、怒らせてやるのに限る。

二発目の花火が光った。貫吾郎の刃が橙色の光を受けた。冷たい刃がぬくもりを持ったようにも見えた。音が遅れて届いた。

「秘剣残照斬り」

と、貫吾郎が小さな声で言った。同時に伸ばした剣を手元に引き寄せた。菩薩が赤子を抱くようなしぐさにも似ていた。

「なんだと」

池永が問いながら動いた。足元で土が舞った。鋭く踏み込んできた。

間髪を入れず池永の青眼の剣ははね上がり、闇の中、弧を描いて、貫吾郎の頭を襲った。稲妻が走るようだった。

だが、貫吾郎の身体は不思議なほど深く沈み、沈みながら水中の鯉が疾駆するように斜めに走り、清兵衛の刃をかいくぐると、峰で左の脚の内側を打った。そこが日没の海が輝くところだった。水平線をなぞるように真横に走る剣だった。ぴきっとかすかな音もした。

だが、峰打ちであり、さほど強い打ち込みでもない。すぐに池永は体勢を立て直し、左から突き上げるような剣、さらに右から首を飛ばそうと狙った剣をくり出してきた。貫吾郎は二つの動きを、ほんのわずかに身をそらしただけでかわした。

貫吾郎の目は池永の足さばきを見ていた。打たれたはずの左脚をしっかり踏み出してくる。

だが、動きに乱れはない。

「これでよし」

貫吾郎は小さな声で言った。

貫吾郎はあとずさりし、身を翻して、闇の中に走り込んだ。

「小僧、逃げるか」

清兵衛が叫んだ。

貫吾郎はちらりと振り向き、

「ばあか、早く行けよ」

と言った。

九

花火の音が絶えず、聞こえていた。

回向院の向こうの大川の岸は、立錐の余地もないくらいだろう。

だが、ここらはすっかり人けが絶えていた。

すぐ向こうで、両国川開きがおこなわれているのに、わざわざ花火も見えない裏通りに来るヤツはいない。

しかも、もともと回向院の裏手などはぞっとしない場所である。

明暦《めいれき》の大火で亡くなった十万八千人を葬ったところである。昼間ですら、人けが少ない。

ましてや町人地になっている松坂《まつざか》町一丁目は、最近、火事が出たこともあって、焼けあとがまだ片付けられていない。焼け残った柱が、闇の中で卒塔婆のように乱立している。

冬ならばこうした黒焦げの木も、物乞いたちが暖を取るために持ち去ったりするのだろうが、いまの季節にそれはいらない。だから、このあたりの闇は、荒廃の匂いを漂わせつつ、深々と沈殿していた。

「来るかな」

と、菅原大道が言った。

「来るさ」

寺坂吉右衛門はゆっくりうなずいた。

「おさきちゃんに届けて来れてよかったな」

と菅原が言った。

「まったくだ。見届けずに、あの野郎に斬られるのでは、無念でたまらないからな」

「おい、勝つ気でやろうぜ」

菅原は持っていた竹の棒を力をこめて握った。

だが、竹の棒は脂《あぶら》汗ですでにべとべとである。

今日の朝、賽銭箱に二十両が入っていた。紅花堂のお絹が入れたのである。

その金は、おさきが入ることになっていた芝金杉片町の女郎屋に届け、証文をふんだくってきた。

すでにおさきの身を縛《しば》る者はいない。

泣きじゃくるおさきに、

「バチ当て様は、おさきちゃんのうどんが食いたいらしいぜ」

そう言ってやった。おさきは何度もうなずき、最後に大きく破顔したものだった。

「いまごろは、精魂こめて打ったうどんを届けているのではないかな」

「そのうどんが食ってみたいのう」

吉右衛門がそう言ったとき、闇の向こうからゆっくり、笑顔の男が現われた。

池永清兵衛である。

「おぬしらだな。あの文を寄越したのは」

文は八丁堀の役宅に、昨夜、直接、投げ入れたのである。届けるのはぎりぎりまで待った。なぜなら、文には吉右衛門と菅原の名を記したからである。その名を早く伝えてしまうと、清兵衛が先に動いてしまう。今日なら、川開きの仕事が立て込み、清兵衛も動くことはできない。そう踏んだのである。

「寺坂吉右衛門さんかい」

「ああ」

「千蔵から聞いていたよ。赤穂浪士の生き残りだってね」

優しげな声だった。いざ、この男の裏の顔を知ってしまうと、それがたまらない恐怖をもたらした。

「死に損《ぞこ》ないと言ってくれてもよいがな」

と吉右衛門は言った。襷《たすき》をかけ、鉢巻をきつく結んでいる。準備は万端、整っている。

菅原が一歩下がり、竹の棒を突き出すように構えた。そうするように、吉右衛門が頼んでおいた。後ろにいれば、いざというとき逃げることもできる。

「まるで討ち入りみたいだ」

清兵衛が二人を見て、笑顔で言った。

「討ち入りのつもりだもの」

「そういえば、ここは回向院の裏手だったな」

と清兵衛は少し気味が悪そうに言った。

「ああ、回向院の裏手だよ」

吉右衛門はうなずいた。

「まさか……」

「そうよ、そのまさかだよ。ここに吉良上野介の屋敷があってな。いまから三十何年前になるかね。ちょうど、その先あたりさ。吉良家の裏門があったのは……」

そう言ったとき、吉右衛門の脳裏を鮮やかな場面が回り出していた。走馬灯のようにとはよく言われるが、あのような影絵ではなく、もっと鮮やかな白昼夢のような記憶だった。

あの夜、雪は降っていなかった。ただし、何日か前に降った雪が残っていて、十四日の月に照らされ、青白く輝いていた。

吉右衛門は、裏門から押し入り、屋敷内へと斬り込む組の一員だった。

表門の部隊は、はしごをかけ、上から進入したが、裏門の部隊は、門扉を叩き壊して突入した。まさかりや鉄鎚、玄翁などが厚い扉を打ち破る音が、夜の闇の中、けたたましく響きわたっていた。扉は思ったよりもすぐ、破壊され、吉右衛門らはいっせいに屋敷内へと雪崩《なだ》れこんだ。

ともに突入したのは、磯貝十郎左衛門《いそがいじゆうろうざえもん》、堀部安兵衛、倉橋伝助《くらはしでんすけ》、赤埴源蔵《あかばねげんぞう》、大石瀬左衛門《おおいしせざえもん》、村松三太夫《むらまつさんだゆう》、菅谷半之丞《すがやはんのじよう》、杉野十平次《すぎのじゆうへいじ》、三村次郎左衛門《みむらじろうざえもん》。それに吉右衛門を加えた十人だった。

女、子どもは斬るまいと言い交わしてあった。だが、闇の中から飛び出してくる者の区別は困難だった。女の悲鳴も聞かないわけにはいかなかった。

なにせ真っ暗だった。屋敷内の襖《ふすま》を叩きこわし、できるだけ視界を広げ、中央に篝火《かがりび》のような明かりを確保した。その火明かりをうけ、大勢の影が右往左往した。芝居でも見たことのない赤い影たちが乱舞する光景は、あの夜の記憶に必ずつきまとうものだった。

雪が残る庭の光景も忘れられない。月明かりが煌々《こうこう》と照らし、池の面が青く鏡のように光っていた。この庭で、吉右衛門は敵を三人斬った。これは間違いなく男だったが、そのうちの一人が年若で、斬り倒したときに、虚空をつかもうとした指の動きが、深く胸に刻まれた。その手の動きは、赤子の指を見ても、思い出した。思い出すたびに泣いた。

あのときの緊張がまざまざと身体に甦ってきた。

吉右衛門は身じろぎし、遠い声を聞くように耳をそばだてた。

「おい、どうしたジイサン」

池永清兵衛が呼んでいた。

「なんだ」

「急にうつろな顔になったぜ」

「すまんな。懐かしい情景が浮かんでしまってな」

「どうやらほんとに討ち入りに加わったらしいな」

清兵衛が口を曲げて笑った。

「なあに、ジジイの記憶だ。やってもおらぬことをやったように憶えていることだってあるさ」

「いや。あんたの顔は、あのころのことを思い出しているようだったぜ。獄門にかかる前の悪党の顔にそっくりだったもの」

「そういうものか」

「そういうもんだよ」

池永清兵衛は笑顔のわりには苛立ったような声で言った。

「だが、思い出はそれくらいにしてもらうぜ」

清兵衛は刀を抜いた。一刻も早く、ことを片付けてしまうつもりらしく、構えもせず足を踏み出した。吉右衛門が腰をぐっと落とし、菅原は突き出した竹の棒をぶるぶると震わせた。

そのとき、清兵衛は大きく顔をゆがめた。痛みが走ったのか、あるいは強い目まいに襲われたようにも見えた。

「なんだ、これは」

という声もした。刀を持ったまま、自分の左脚あたりを見た。軽く、手も触れた。まるで、脚がついているのを確認しているようだった。見た目に異常はなかった。血の痕もなければ、袴に切り裂きもなかった。

「くそっ。あのガキか」

今度は、清兵衛が独りごとを言った。

「おい、清兵衛。今度はお前の思い出か」

と、吉右衛門が言った。からかうつもりはなかったが、苛立たせることで思わぬ隙が生まれるかもしれなかった。

「言うな、ジジイ」

「そうそう。本性を現わせ。仏様。嘘の仏様」

吉右衛門がそう言いながら、じりじりとにじり寄った。一歩で飛び込めるところまで近づきたかった。だが、清兵衛が撃ってくれれば、後の先を制するつもりだった。それが容易ではないとしても。

後ろの菅原はあてにしていなかった。真っ青な顔で立ち尽くすばかりだというのは、振り向かなくてもわかった。斬り合いとはそういうものだった。

「やかましい」

池永清兵衛は怒鳴った。甲高《かんだか》い声だった。

ぱんぱんと花火が上がった。清兵衛はその音が耳ざわりであるように眉をしかめ、急かされたように吉右衛門に斬りかかってきた。形相はまるで違って、笑顔のかけらもなかった。左足は使わず、右足だけで大きく宙を飛んでいた。宙にありながら、足を踏みしばることもなく、清兵衛は刀を回し、凄まじい刃を吉右衛門の胴にぶつけてきた。

吉右衛門は貫吾郎との稽古のとおりに、左側にぶつかるように、すり抜けるつもりで剣を振った。

だが、清兵衛の剣はそれよりも速く、吉右衛門の胴に叩きつけられた。

「うっ」

という吉右衛門のうめき声が上がった。

次の瞬間、勝負が決着した。

——危なかった。

貫吾郎は胸を撫で下ろしていた。

吉右衛門たちが斬られることがあったら、もちろん貫吾郎は飛び出し、一刀のもとに復讐を遂げてやるつもりだった。

思ったより、吉右衛門の動きは遅かった。稽古のときより緊張したからだ。

清兵衛が脚の痛みを軽減するため、宙に飛ぶことは予想しなかった。だが、そんな動きが大きな効果をもたらすことはありえなかった。剣は大地を強く踏んでこそ、威力も速さも生まれるのである。それでも、狙いはたがわず、吉右衛門の胴に叩きつけることができたのは、清兵衛の意地であったのか。

まさか、ジジ殿が鎖帷子《くさりかたびら》を着込んできたとは思わなかった。

用意周到である。卑怯でもなんでもない。武士の策略であり、老人の智恵でもある。さすがに元赤穂浪士だった。貫吾郎は嬉しくて破顔した。

吉右衛門の剣は遅くはあったが、確実に清兵衛の胴をえぐっていた。いまは、流れ出た血が地面いっぱいに広がりつつある。まだ意識があるうちに、清兵衛の悪行を数えたててやればいいのに、と貫吾郎は思った。だが、ジジ殿も神主さんも、あっという間に怨みを水に流してしまったらしく、手まで合わしていた。

貫吾郎はそっとその場を去った。それから次第に足を速めた。花火見物などという気持ちは毛頭なかった。

——ああ、腹が減って、腹が減って……。

腹を満たし、獣のように眠りたかった。このまま本所、深川を駆け通し、麻布十番の百獣屋に駆け込むつもりだった。

吉右衛門は菅原大道とともに、両国の裏道を走っていた。大川沿いは人出が多いので、二ツ目橋から堅川を渡って深川まで下り、永代橋を抜けるつもりである。菅原も足をもつれさせながら、なんとか吉右衛門のあとをついてきている。

定町回り同心を叩き斬ったいま、一刻も早く、この場を離れなければならない。

後ろで聞こえる花火の音はどんどん遠くなっている。

吉右衛門は、首をかしげた。

この前、千蔵を斬ったときには、池永清兵衛の左足のさばきがおかしいとはまったくわからなかった。だが、今宵は明らかに左足は動かなかった。

――あれほどの特徴を、なぜ、この前は見抜けなかったのか。

それが吉右衛門には不思議だった。

五間堀の弥勒寺《みろくじ》橋を過ぎたあたりで、

「また、生きのびてしまったな」

と、吉右衛門は言った。苦笑いも混じった。

「ああ……わしもだよ」

と、菅原もうなずいた。吉右衛門と同様、過去のことはくわしく話したがらないが、菅原にも遠い昔、あやうく死にそこなった過去があるのだ。どうも、扇動されたか、騙されたかして乗った船が、あやうく沈没しかけたらしい。そのとき関わった男の名を、菅原は泥酔したおり、つぶやいたことがあった。紀伊国屋文左衛門《きのくにやぶんざえもん》。言ったことも覚えていないだろうが、たしかにそう言った。欲に駆られて、紀州のみかんでも運ぼうとしたのかもしれない。人は皆、話したがらない過去の一つや二つはあるのだ。

つまりは、死にぞこないが二人、夜の道を逃げていた。夏の闇は、沼のように重かった。

「吉右？」

菅原が息を切らしながら声をかけてきた。

「なんじゃい」

「生きのびて残念か？」

「…………」

吉右衛門はおのれの気持ちを確かめた。答えは情けないほどすぐに出た。

「いや……」

首を横に振ると、菅原も、

「わしもだ……」

と、照れたように言った。

不思議だった。これほど老いぼれてもなお、心には生きのびた喜びがひたひたと満ち溢れてきていた。

吉右衛門は足をひきずるように駆けながら、空を見た。満天に、星がびっしりちりばめられていた。

一〇〇字書評

切り取り線

購買動機（新聞、雑誌名を記入するか、あるいは○をつけてください）	
□（　　　　　　　　　　　　）の広告を見て	
□（　　　　　　　　　　　　）の書評を見て	
□ 知人のすすめで	□ タイトルに惹かれて
□ カバーがよかったから	□ 内容が面白そうだから
□ 好きな作家だから	□ 好きな分野の本だから

●最近、最も感銘を受けた作品名をお書きください

●あなたのお好きな作家名をお書きください

●その他、ご要望がありましたらお書きください

住所	〒				
氏名		職業		年齢	
Eメール	※携帯には配信できません	新刊情報等のメール配信を希望する・しない			

あなたにお願い

この本の感想を、編集部までお寄せいただけたらありがたく存じます。今後の企画の参考にさせていただきます。Eメールでも結構です。

いただいた「一〇〇字書評」は、新聞・雑誌等に紹介させていただくことがあります。その場合はお礼として特製図書カードを差し上げます。

前ページの原稿用紙に書評をお書きの上、切り取り、左記までお送り下さい。宛先の住所は不要です。

なお、ご記入いただいたお名前、ご住所等は、書評紹介の事前了解、謝礼のお届けのためだけに利用し、そのほかの目的のために利用することはありません。

〒一〇一-八七〇一
祥伝社文庫編集長　加藤　淳
☎〇三(三二六五)二〇八〇
bunko@shodensha.co.jp

祥伝社ホームページの「ブックレビュー」からも、書き込めます。
http://www.shodensha.co.jp/bookreview/

祥伝社文庫

上質のエンターテインメントを！　珠玉のエスプリを！

祥伝社文庫は創刊15周年を迎える2000年を機に、ここに新たな宣言をいたします。いつの世にも変わらない価値観、つまり「豊かな心」「深い知恵」「大きな楽しみ」に満ちた作品を厳選し、次代を拓く書下ろし作品を大胆に起用し、読者の皆様の心に響く文庫を目指します。どうぞご意見、ご希望を編集部までお寄せくださるよう、お願いいたします。

2000年1月1日　　祥伝社文庫編集部

罰《ばち》当《あ》て侍《ざむらい》　最後《さいご》の赤穂浪士《あこうろうし》　寺坂吉右衛門《てらさかきちえもん》　長編時代小説

平成18年6月20日　初版第1刷発行
平成22年8月5日　第2刷発行

著者　風《かぜ》野《の》真《ま》知《ち》雄《お》

発行者　竹内和芳

発行所　祥《しょう》伝《でん》社《しゃ》
東京都千代田区神田神保町3-6-5
九段尚学ビル　〒101-8701
☎03(3265)2081(販売部)
☎03(3265)2080(編集部)
☎03(3265)3622(業務部)

印刷所　堀内印刷

製本所　ナショナル製本

ISBN4-396-33295-5　C0193

祥伝社のホームページ・http://www.shodensha.co.jp/

祥伝社文庫の好評既刊

風野真知雄

新装版 われ、謙信なりせば 上杉景勝と直江兼続

秀吉の死に天下を睨《にら》む家康。誰を叩き誰と組むか、脳裏によぎった男は上杉景勝と陪臣《ばいしん》・直江兼続だった。

風野真知雄

奇策

伊達政宗軍二万。対するは老将率いる四千の兵。圧倒的不利の中、伊達軍を翻弄した「北の関ヶ原」とは!?

風野真知雄

勝小吉事件帖 喧嘩御家人

勝海舟の父、最強にして最低の親ばか小吉が座敷牢から難事件をバッタバッタと解決する。

風野真知雄

罰《ばち》当て侍 最後の赤穂浪士 寺坂吉右衛門

赤穂浪士ただ一人の生き残り、寺坂吉右衛門。そんな彼の前に奇妙な事件が舞い込んだ。あの剣の冴えを再び…。

風野真知雄

新装版 水の城 いまだ落城せず

名将も参謀もいない小城が石田三成軍と堂々渡り合う！戦国史上類を見ない大攻防戦を描く異色時代小説。

風野真知雄

新装版 幻の城 大坂夏の陣異聞

密命を受け、根津甚八らは八丈島へと向かう。狂気の総大将を描く、もう一つの「大坂の陣」。